*Mord beim Spalatin*

Martin Burkert

# *Mord beim Spalatin*

*Heimatkrimi aus dem
Spalter Hügelland*

**Autor:** *Martin Burkert*

*Illustration:* **Martin Burkert**

*Herstellung und Verlag: BoD – Books on Demand, Norderstedt*

*ISBN: 978-3-7412-1293-2*

# Inhalt

Der Heimatkrimi: Mord beim Spalatin      7

Und wie ging es weiter?      146

Heftiger Regen geht über der nächtlichen Altstadt von Spalt nieder. Die hohen Dächer der alten Hopfenhäuser wollen die Wasserströme in die Dachrinnen laufen lassen. Doch dem massiven Ansturm der Fluten sind sie nicht mehr gewachsen und schicken wahre Sturzbäche auf die engen Gassen. Die Straßenbeleuchtung, alten Gaslaternen nachempfunden, erfüllt die feuchte kleine Welt nur spärlich mit fahlem Licht. Man fühlt sich in längst verflossene Zeiten zurückversetzt. Für den "jungen Alten" Veit Wiesinger ist die Szene vertraut. Er ist hier daheim. Die Pflastersteine auf den winkeligen Gassen glänzen wie winzige Hügel in kleinen Seen. Nicht nur der Starkregen dröhnt mit lautem Getöse gegen Wände und Fensterscheiben. Von allen Seiten der gewachsenen Bebauung der Stadt lärmt das Unwetter. Die Geräusche sind längst nicht mehr den Quellen zuzuordnen. Der Wind bringt die Fensterläden der alten Hopfenböden zum Knattern und Quietschen. Keinen Hund treibt man hinaus und jetzt, kurz vor Mitternacht, ist keine Menschenseele mehr auf den Straßen und Gassen des Städtchens zu sehen.

Veit Wiesinger verweilt bis zum Hochstellen der Stühle im urgemütlichen Bräustüble des Brauereigasthofes. Mit dem Wetterumschwung hat er nicht gerechnet. Er hat weder Schirm noch Mütze dabei. Mit hochgeklapptem Kragen eilt er seinem nicht weit entfernten Haus in der Altstadt zu. Ohne links und rechts zu sehen, duckt er sich unter der unfreundlichen Himmelsdusche. Er muss durch die Gänsgasse und um die Nikolauskirche herum.

*Die Gänsgasse in Spalt bei Nacht*

Als er beim Spalatin-Denkmal vorbei huschen will, stürmt plötzlich eine dunkle Gestalt hinter der mit viel Kunstverstand geöffneten Kirchhofmauer hervor. Der Angreifer holt aus und schlägt mit einem gewaltigen, dicken Prügel von hinten auf den ungeschützten Kopf des ahnungslosen Herrn Wiesinger. Dieser geht ohnmächtig zu Boden und bleibt unbeachtet liegen, während sich der Unbekannte lautlos durch die Gassen davonmacht.

Fast noch in der Nacht, als der Regen etwas nachgelassen hat, findet der Bäcker auf dem Weg zu seiner Backstube einen Mann in aufgeweichter Montur auf dem Pflaster in der Nähe des Spalatin-Denkmals liegen. Der Frühaufsteher kommt als Erster im kleinen Städtchen aus den Federn, um sein Tagwerk zu beginnen.

Und ich, der ich diese denkwürdige Geschichte erzähle, heiße Schorsch Hintersass. Jetzt 63 Jahre alt. Seit einigen Jahren lebe ich mitten drin im sonst so friedlichen Städtchen Spalt. Meine Zelte habe ich in einem romantischen Turm der Stadtmauer aufgeschlagen. Ich fühle mich hier richtig wohl, geborgen und voll dazugehörig. Bis zum Hinauswurf aus dem Bräustüble befinde ich mich im angeregten Gespräch mit meinem Freund Veit. Wir sind wieder einmal die letzten Gäste. Nach einem herzlichen Servus gehe ich rasch unter dem Regen durch in die andere Richtung in mein Altstadtquartier, nichts ahnend von einer Mordgefahr in der vollständig sicher erscheinenden, aber bedrängenden Nässe der Nacht. Das Unwetter hat uns beide im Wirtshaus überrascht, aber bedroht uns keineswegs. Eine bessere Behütung als in unserer Kleinstadt kann ich mir fast nirgendwo auf der ganzen Welt vorstellen. Nur der irrsinnige Regen hindert mich heute, den kleinen Umweg mit Veit auf mich zu nehmen und ihn nach Hause zu begleiten. Es gibt noch so viel zu besprechen, dass ich mich kaum von dem Freund lösen kann. Hätte ich doch nicht auf die kühlen Wassermassen reagiert! Das große Unglück wäre wohl nicht passiert!

Der Altstadtbäcker muss sich immer wieder überzeugen, dass sein Fund nicht nur einen nassen Kleiderhaufen darstellt. „Nein", denkt er sich, „nein, in Spalt gibt es doch so etwas nicht! Ein Toter auf dem Weg in meine Backstube." Er muss sich überwinden, näher heran zu gehen. Der Mann liegt bäuchlings auf dem Pflaster, das Gesicht nach unten. Der Schock wird gewaltig, als der Frühaufsteher eine große wässrige Blutlache um den Kopf herum entdeckt. Er meint den Mann sogar zu kennen, als er vor lauter Schreck nur ganz scheu – aber doch genauer hinsieht. Natürlich, das ist der Veit, der gute Mann, den alle hier bestens kennen und gernhaben. Mein Freund! Unser bester

Mann! Das kann doch nicht möglich sein! Eine Seele von einem Menschen – der Veit. Nein, unmöglich!

Er sucht nach einem Ziegel, den der heftige Regen vom Kirchendach gespült haben könnte oder nach einem Stein aus der Mauer, der den guten Mann so unglücklich getroffen haben könnte. Es kann doch nur ein Unfall, ein schrecklicher Zufall gewesen sein, denkt er bei sich. Nicht einmal ein kleiner Brocken ist in der Nähe aufzuspüren. Dem Bäcker wird immer klarer, dass Gewalt im Spiel gewesen sein muss. In seinem Kopf spukt ein schlimmer Begriff herum: Mord! Mord hier bei uns. Mord, bei uns in Spalt, nein das hat es noch nie gegeben, solange er denken kann! Nein! Der Veit, der hat doch sicher keinen Feind bei uns, meint er. Unser Professor, wie wir ihn auch ehrfurchtsvoll nennen, kennt keinen Dünkel, er hilft allen. Auch unseren Spalter Asylbewerbern begegnet er menschlich und freundlich. Uns alle versucht er immer wieder zu überzeugen, dass sie Menschen sind, die hier Schutz suchen aus einer bedrohten Welt und deshalb unsere Hilfe brauchen. Dem Bäcker geht durch den Sinn, dass der tote Mann mehr für seine Heimat ist, als er jetzt im Einzelnen aufzählen könnte. Er repräsentiert ganz einfach Spalt, seine Geschichte, seine Mauern, seine Kirchen, ja kurz gesagt: Er ist so etwas wie die Seele der Stadt. Und er verkörpert das schöne, ruhige aber gesellige Leben hier. Und doch steckt noch mehr dahinter. Er ist in der großen Welt ebenso daheim, wie hier bei uns.

Plötzlich schießt dem Bäcker ein neuer Gedanke in den Kopf: es sieht ja nicht so aus, aber vielleicht lebt der Mann ja doch noch und braucht Hilfe. Eigentlich ja naheliegend, aber auf einmal unwirklich für ihn. Mehr aus Pflichtbewusstsein, aber total scheu und voller Schaudern berührt er das Opfer an der blutverschmierten Wange. Eiskalt! Er versucht den Körper etwas zu bewegen. Stocksteif! Ja, das ist die Totenstarre. Aus den vielen Krimis, im Abendprogramm des Fernsehens anscheinend das

Wichtigste der Welt, weiß man schließlich in diesen mörderischen Dingen Bescheid - und zwar überall, auch in Spalt.

Was ist jetzt zu tun?

„Sanitäter überflüssig," denkt er. „Ich kann den Ärmsten doch nicht einfach auf der Straße liegenlassen - es könnte jetzt allmählich jemand aufstehen und mit dem Auto um die Nikolauskirche anrollen! Also schnell mit dem Handy den Notruf 112 wählen."

„Ja, hier der Bäcker aus der Altstadt in Spalt. Auf der Straße vor dem Spalatin-Denkmal am Gabrieli-Platz liegt ein Mann. Ich glaube, er ist tot. Bitte sofort kommen!"

Er bleibt bei dem Toten und muss 20 unheimliche Minuten bangen - ganz allein mit ihm, als ob er Totenwache halten müsste. Es wird ihm übel, kalt und wieder heiß in kurzen Abständen, obwohl es immer noch etwas regnet und die feuchte Kälte am Morgen eines späten Herbsttages ihm durch Mark und Bein geht.

Endlich ein Martinshorn und kurz danach noch mal zwei Sirenen. Die Sanitäter, der Notarzt, die Polizei - alle stehen geschockt und ziemlich ratlos herum. Es gibt nach kurzer Überprüfung keinen Zweifel, dass da ein Toter liegt. Keine Spuren verwischen! Alles sieht nach einem Mord aus. Man muss warten auf die Spurensicherung und den Kommissar von der Mordkommission aus Nürnberg.

Tatsächlich – gegen acht Uhr trifft er bereits mit seinen Leuten am Tatort ein, als schon etwa zwanzig Frauen und Männer der Stadt in der Nähe stehen, gaffen und tuscheln. Sie machen einen verschreckten Eindruck. „Ist es wirklich unser guter Professor? Erst gestern Abend habe ich ihn noch mit seinem Freund

Schorsch beim Bier im Bräustüble gesehen. Ich bin aber bald vor dem großen Regen heimgegangen", weiß einer zu berichten.

Der Ermittler erfasst die Situation sehr schnell. Zunächst denkt er zwangsläufig an einen Raubmord. Die ersten Fragen, die er sich stellt sind: wer ist der Tote? Was wurde vom Täter erbeutet?

Die herumstehenden Bürger können die erste der Fragen zweifelsfrei beantworten: „es ist der Spalter Bürger Dr. Veit Wiesinger." Diese erste, für jede Ermittlung erst einmal wichtigste Information ist hier einfach und schnell gelöst. Die zweite Aufgabe ist schon komplizierter: Herauszufinden, was fehlen könnte, erfordert die Kenntnis, welche Gegenstände vorhanden waren. Um keine Spuren zu verwischen, fingert der mitgekommene Spezialist mit Gummihandschuhen vorsichtig in den Taschen des Opfers herum. Er fördert aus der rechten Manteltasche einen Geldbeutel mit Ausweisen, einer Menge von Plastikkarten und einer Barschaft von nur 73 Cent zu Tage. Ein Blick auf den Personalausweis bestätigt die Identität des Toten. Der minimale Geldbetrag könnte den Verdacht untermauern, dass der Täter die Scheine an sich gebracht hat und die Geldbörse schnell wieder loshaben wollte. Auch der ungewöhnliche Auffindungsort in der Manteltasche ist verdächtig. Wer trägt schon seine wichtigsten Dokumente so ungeschützt herum? Der Einfachheit und Schnelligkeit halber könnte der Täter die Scheine an sich genommen und die Geldbörse geschwind in die Manteltasche zurückgesteckt haben. Alles andere als Bargeld gibt nur Spuren, weiß der erfahrene Ermittler. Wenn noch der relativ einfache Nachweis geführt werden kann, dass Herr Wiesinger einen nennenswerten Barbetrag bei sich hatte, ist seine erste Vermutung eines Raubmordes untermauert.

Der Kommissar wendet sich an die verängstigt herumstehenden Leute. Er hört sie von einem Freund des Opfers sprechen.

„Wer ist sein Freund, von dem Sie sich gerade unterhalten? Bitte Name und Anschrift! Vielleicht hat jemand auch seine Handynummer?"

„Nein, aber er wohnt gleich um die Ecke. Er heißt Schorsch und haust in einem Turm der Altstadtmauer gerade mal 5 Minuten von hier- gleich nach dem Brauereigasthof." „Hat er auch einen Nachnamen?", fragt der Kommissar. „Ja, Schorsch Hintersass, schreibt er sich."

Der Kommissar überzeugt sich, dass die Spurensicherung gut läuft und die Leiche so schnell wie möglich in die Gerichtsmedizin abtransportiert werden kann. Er erkundigt sich bei den Bürgern nach der Familie des Opfers. Man weiß genau Bescheid: „Seine Frau, die Anni, ist auf Reha in Bad Staffelstein und seine zwei Töchter aus erster Ehe befinden sich irgendwo beim Studium im Ausland. Daheim ist ganz sicher niemand. Und die Anni, seine zweite Frau, ist eine ganz Eifrige, die nach ihrer Hüftoperation sicher längst im Kraftraum trainiert oder ihre Runden schwimmt. Vor Mittag erreichen Sie die agile Anni sicher nicht!"

Der „Kriminaler", wie ihn die Spalter nennen, entscheidet sich, erst einmal den Freund des Toten, Schorsch Hintersass – also mich persönlich - aufzusuchen. „Kann mich vielleicht jemand begleiten?", bittet er die Einheimischen. Gleich drei Bürger gehen bereitwillig mit. Sie sind sehr gesprächig auf dem kurzen Weg:

„Ja, der Wiesinger, ein schöner und bedeutender Mann, der war Professor an der Universität und ist seit einem Jahr in Rente. Er ist ein berühmter Geschichtsforscher und außerordentlich beliebt in seiner Heimat. Er stammt aus einer Spalter Familie. Sein Vater war hier Lehrer. Er kam von Gunzenhausen und hat hier reingeheiratet. Er war ein Lutherischer, die Kinder, also auch der Veit, sind aber katholisch."

„So genau wollte ich das gar nicht wissen", meint der Kommissar etwas unwillig. Er ist erstaunt über ein Detail, das er bei seinen Ermittlungen noch nie gehört hat. „Ja mei, das mit katholisch oder lutherisch ist aber bei uns in Spalt immer noch a weng wichtig", erklärt ihm ein Einheimischer mit bedeutsamer Gestik. Und schon stehen sie vor meinem schön ausgebauten Stadtmauerturm.

Jetzt um halb neun Uhr ist das Leben in der kleinen Stadt erwacht. Aus vielen Fenstern scheint an diesem trüben Morgen noch Licht und man hört es überall rumoren. Autos starten von Parkplätzen und aus den Garagen.

Ich habe geduscht und mich gut gelaunt und gemütlich im Morgenmantel zum Frühstück niedergelassen, als jemand wie wild am Seil der alten Hausglocke zieht. „Wer da so bald am Morgen?", frage ich mit leicht singender Stimme verwundert zum Eingang hin. „Polizei" ruft der Kommissar fast etwas überfreundlich, wie wenn er sich entschuldigen wollte. Er möchte wohl nicht gleich einen Schock am Morgen auslösen. Ich denke an den Scherz eines Freundes oder Bekannten. Gelassen öffne ich die Türe, erschrecke aber ganz schön beim Anblick des Fremden.

„Mein Name ist Hermann Bauernfeind. Entschuldigen Sie bitte die frühe Störung. Es geht um eine todernste Sache. Bitte fassen Sie sich! Herr Wiesinger wurde heute Morgen tot in der

Nähe des Denkmals am Gabrieli-Platz aufgefunden. Ich leite als Kommissar der Nürnberger Dienststelle die Ermittlungen. Nach den Bekundungen ihrer Mitbürger sollen Sie gestern Abend mit dem Verstorbenen beim Bier im nahen Brauereigasthof gesessen haben. Entspricht das der Wahrheit?"

Ich bin schockiert und total verunsichert. Soll ich das einfach nicht glauben, weinen oder schreien? Meinen letzten Frühstücksbissen beginne ich zu würgen. Der Kommissar beobachtet mich aufmerksam, ja sogar etwas argwöhnisch.

Gequält stoße ich ein „ja" heraus. Allmählich schaffe ich es, einigermaßen zusammenhängende Sätze zu formulieren: „Nach elf Uhr, in der Nacht, haben wir uns verabschiedet. Es hat in Strömen geregnet, sonst hätte ich gestern meinen Freund heimbegleitet und den Umweg in Kauf genommen. Wir waren so vertieft im Gespräch, dass ich mich richtig von ihm losreißen musste. Bei dem Unwetter sahen wir zu, jeder auf dem schnellsten Weg durch die Wassermassen nach Hause zu kommen."

Der Kommissar unterbricht mich etwas unsanft. Ihm kommt ein schlimmer Gedanke in den Sinn. „Bevor Sie weitersprechen, Herr Hintersass, muss ich Sie dringend auf etwas aufmerksam machen. Das Wort belehren klingt nach vorgestern. Momentan sind Sie Hauptverdächtigter, da Sie sich, wie Sie selbst bekunden, unmittelbar vor der Gewalttat beim Opfer aufhielten. Der Verstorbene ist allem Anschein nach ermordet worden. Es sieht so aus, als ob er von einem schweren Gegenstand von hinten auf den Kopf getroffen wurde. Erst die Obduktion wird genauere Erkenntnisse ergeben - vielleicht auch den Zeitpunkt, wann genau der Tod eingetreten ist. Er lag unentdeckt und ohne Hilfe, die ihn vielleicht noch hätte retten können, bis zum frühen Morgen im heftigen Regen. Erst der Bäcker, als Frühaufsteher, hat ihn entdeckt. Sie, Herr Hintersass, waren vielleicht nur wenige Minuten vor der blutigen Tat in nächster Nähe des Ermordeten. Bitte verstehen Sie, wenn ich Sie vorerst in den Bereich der Verdächtigten einreihen muss. Sie haben die Möglichkeit, die Aussage zu verweigern und einen Rechtsanwalt beizuziehen. Falls Sie aussagen, wird es schwer sein, wieder von allen Einzelheiten, die sie vielleicht unbekümmert berichten, wegzukommen. Wenn Sie eine verantwortliche Aussage machen, wird die Vernehmung mit meinem Smartphone als Tonaufnahme mitgeschnitten."

Ich bin wie vor den Kopf geschlagen. Erst der Schock mit existenzieller und tiefer Trauer um meinen besten Freund und dann auch noch der Verdacht, ihn selbst umgebracht zu haben! Das ist einfach zu viel - auch für mich, obwohl ich mich als sehr belastbar einstufe. Ich zittere am ganzen Körper, stottere unverständliche Wortfetzen und kann mich endlich soweit artikulieren, dass ich dem Kommissar klarmache: „Ich will nicht nur, ich kann gar nicht anders. Wir müssen herausfinden, wer es war. Und einen Rechtsanwalt brauche ich schon gar nicht."

Der Kommissar scheint von meiner Reaktion beeindruckt zu sein und meint, dass ich erst einmal Ruhe brauche, um den Schock wenigstens vorläufig zu verarbeiten. Er komme später zur Vernehmung. Zunächst sei ich die Schlüsselfigur für die gesamten Ermittlungen. Er müsse erst nach Bad Staffelstein zur Witwe des Getöteten. Eine schwere Aufgabe, der Überbringer der schrecklichen Nachricht zu sein!

Ich weiß nicht, was ich machen soll. Schließlich folge ich einem alten Rezept, das ich bei Möglichkeit in Fällen der Bedrängnis anwende: ich stelle mich anhaltend unter die heiße Dusche. Dieses Mal wird es eine Dauerdusche, bis mein Wasserspeicher nur noch Kaltes spendet. Immer wieder meldet sich hartnäckig mein Telefon. Nein, jetzt niemand - keine neugierigen Anrufe! Vielleicht erhöht dies die Verdachtsmomente gegen mich, wenn ich mich stumm stelle? So geht es mir durch den wirren Sinn. Jetzt erst einmal die Stunden bis zu meiner Vernehmung überbrücken! Kein Mensch kann mir im Moment helfen. Vielleicht wird sogar mein Telefon überwacht?! Ich kann jetzt im kleinen Spalt unmöglich das Haus verlassen, ohne dass ich umlagert werde und Erklärungen abgeben muss. Sicher würde ich - wenigstens von meinen Mitbürgern - genau beobachtet werden. Alle möglichen Schlüsse könnte man aus meinem Verhalten ziehen.

Ich lösche die Lichter, verrammle die Türe und sitze halb nachdenklich, halb verwirrt im Dämmerlicht des Regentages. Versunken in meinem alten Ohrenbackensessel warte ich verstört. In meinem Kopf rast es wild durcheinander. Ich kann keinen klaren Gedanken fassen.

Herr Bauernfeind, der Kommissar, findet rasch die Reha-Patientin in Bad Staffelstein. Anni Wiesinger befindet sich im Speiseraum der Kurklinik im angeregten Gespräch mit zwei Frauen. Während der Fahrt von Spalt nach Staffelstein wälzt der Beamte in seinem Kopf die Worte hin und her, wie er es möglichst schonend rüberbringen könnte. Alle Schulungen, die er bei Fortbildungstagungen hinter sich gebracht hat, gehen ihm durch den Sinn und doch fühlt er sich hilflos. Erst muss er Frau Wiesinger von ihren Gesprächspartnerinnen loseisen. Er tritt an den Tisch und stellt sich höflich vor, ohne etwas von Polizei verlauten zu lassen. „Frau Wiesinger, kann ich Sie in einer wichtigen Sache kurz allein sprechen?", fragt er freundlich. Etwas misstrauisch folgt sie ihm ins Foyer. Hoffentlich ist es kein Betrüger, der ihr etwas aufschwätzen will! Eine Anmache schließt sie bei dem deutlich feststellbaren Altersunterschied gleich aus.

„Frau Wiesinger, ich suche Sie in einer tragischen und sehr traurigen Sache auf. Ich bin Kommissar bei der Kriminalpolizei." Dabei zeigt er seinen Ausweis kurz vor. „Ihrem Mann ist heute

Nacht etwas Furchtbares zugestoßen. Auf dem Heimweg vom Bräustüble wurde er allem Anschein nach von hinten mit einem schweren Gegenstand niedergeschlagen. Er hat diesen Gewaltakt nicht überlebt."

„Tot? Wirklich tot? Ich fass es nicht." Sie beginnt am ganzen Leib zu zittern. Es wird ihr heiß und kalt. Sie möchte weinen, schreien oder sich die Haare raufen. Es geht einfach nichts. Sie ist wie betäubt - so tief sitzt der Schreck. Ist sie doch gerade noch so fröhlich gewesen und jetzt: ein totaler Umschwung der Gefühle!

„Ja, leider, so ist es. Ich würde Ihnen gerne etwas Schöneres berichten. Mein herzliches Beileid", bringt er empathisch hervor. Nach einer längeren Pause des Schweigens, verbunden mit stoßartigem Schluchzen, fragt sie der Kommissar, ob sie in der Lage sei, Fragen zu beantworten, oder ob sie erst einmal im gerichtsmedizinischen Institut der Universität Erlangen von ihrem Mann Abschied nehmen möchte.

Wie paralysiert vor Schmerz steht Anni auf, ohne ein Wort herauszubringen und wankt mehr, als dass sie geht, zu ihrem Tisch. Der Kommissar hält sich dezent in der Nähe. Es dauert lange, bis sie sich einigermaßen fängt und auf das Angebot des Beamten eingeht. Also mit zur Gerichtsmedizin, ihren Mann noch einmal sehen – sonst kann sie es nicht glauben und hält es für einen Albtraum. Eine hilfreiche Frau ihres Tisches fährt mit ihrem Auto hinterher nach Erlangen, um ihr beizustehen und sie wieder zurückzubringen. Sie will ihr helfen, bis sie selbst in der Lage sein wird, zu packen und ins traurige Heim nach Spalt und in eine beängstigende Zukunft zu fahren. Während der Autofahrt nach Erlangen im Wagen des Kommissars fängt sie sich etwas und stellt die ersten Fragen. Der Beamte antwortet nüchtern, aber im freundlichen Ton. Viel weiß er ja auch noch nicht. Sie bringt unter Schluchzen hervor, dass Veit doch keine Feinde habe. Erst gestern Abend hat er noch in guter Laune mit ihr telefoniert und sei dann ins Bräustüble gegangen, um seinen Freund Schorsch zu treffen. Die Beiden seien ein Herz und eine Seele. Sie betreiben Geschichtsforschung, sind engagierte Stadtführer und kümmern sich um Asylbewerber in unserem Städtchen. Spalatin, der berühmteste Bürger der zwölfhundertjährigen Geschichte der Stadt Spalt, ist es, über den sie gemeinsam forschen. Der Kommissar fragt nach, wer denn dieser Spalatin sei. „Da fragen Sie am besten den Schorsch Hintersass. Ich will jetzt nicht mehr reden", antwortet sie entschieden. Der Polizist gibt ihr noch sein Kärtchen und bittet sie, ihn anzurufen, wenn sie sich gefangen hat. Er begleitet sie in den Raum vor der Obduktionsabteilung, bleibt noch kurz in ihrer Nähe, als die arme Frau über der Leiche ihres Mannes laut schluchzend zusammenbricht. Er lässt sie in ihrer Trauer allein, da sie ihn ernsthaft darum bittet. Ihre Bekannte, die zur Unterstützung von Staffelstein gefolgt ist, hält sich dezent im Hintergrund, bis Anni sich bei einer herzlichen Umarmung mit ihr ausweint.

Auf dem schnellsten Weg fährt Herr Bauernfeind nach Spalt zurück. Er gönnt sich nur ein „Leberkäsweckla" bei einem der überregional bekannt guten Metzger des Städtchens und geht rasch zu Schorsch Hintersass - also endlich zu mir. Meine Vernehmung ist vorerst das Wichtigste für ihn. Er hat keine Ahnung von Spalt und den Menschen, die nach seinem ersten Eindruck voller Liebe und Zuneigung für das Opfer fühlen.

Wie erlöst aus dem selbstgewählten Versteckspiel höre ich endlich ein Klopfen an meinem Holztor und die Stimme des Kommissars.

„Nehmen Sie Platz hier in dem bequemen Sessel! Fast alles hier im Turm stammt von meinem Onkel Hans, der sich für sein Alter diesen idyllischen Platz geschaffen hat und mich nach seinem Ableben als Nachfolger und Verwalter eingesetzt hat."

Geschickt leitet der Beamte die Vernehmung ein. „Schön haben Sie es hier. Ich nehme an, Sie brennen immer noch darauf, auszusagen und wollen mir weiterhelfen."

Er baut sein Smartphone auf und schaltet es auf Tonaufnahme. Ohne Nachfrage rattere ich meine Personalien herunter: „Georg Hintersass, 63 Jahre, lediger Rentner und selbständiger Trauerredner, wohnhaft Stadtmauer 17, 91174 Spalt, nicht verwandt und nicht verschwägert – aber gut befreundet mit dem Getöteten - belehrt und aussagebereit".

„Nanu, professionell?" meint der Kommissar.

„Naja, vor langer Zeit war ich einmal für ein paar Jahre Staatsanwalt im bayerischen Justizdienst. Dann wurde ich so etwas, wie eine verkrachte Existenz. So sehen es wenigstens einfältige Gemüter."

Der Kommissar unterbricht mich und meint, er müsse die Vernehmung etwas formatieren. Zunächst solle ich ihm von Veit Wiesinger erzählen, damit er sich ein Bild vom Opfer machen kann – dann von mir, weil ich mich zur fraglichen Zeit nahe am Tatort befand. Zum Schluss will er dann wissen, was man über Spalt so erfahren muss, um einen Mord in diesem Städtchen aufzuklären.

Ich reiße mich zusammen und beginne:

„Veit ist etwa in meinem Alter. Genau weiß ich es im Moment bei der Aufregung nicht. Er ist ein sehr wohlhabender Bürger der kleinen Stadt - ich muss ja in der Vergangenheit sprechen, ja schrecklich, leider - er war es. Geerbt soll er haben und als Universitätsprofessor hat er gut verdient, was zu einer hohen Pension führte. Er war ein Sportsmann, schlank und elegant. Veit sah ungewöhnlich gut aus. Man hielt ihn für viel jünger, als er war. Über Geld sprachen wir nie. Ich wusste nur, dass er sehr viel davon hatte. Er war sehr freigiebig. Geholfen hat er überall, wo er nur konnte. Ihn umgab ein Hauch von Geheimnissen. Irgendwie war Veit hier ganz daheim und doch wieder nicht. Er war viel mehr als ein Kleinstadtbürger. Ich kann es selbst kaum fassen, was es genau ausmachte, dass er so anders war. Er wohnte in einem der schönsten alten Hopfenhäuser, aus Sandsteinquadern erbaut und mit fünf Hopfenböden in den Himmel ragend. Die Fremden stehen häufig davor und zücken ihre Fotoapparate, wenn sie dieses stattliche Anwesen sehen. Ich glaube kaum, dass es hier jemand gibt, der ihn nicht kannte. Wenn er sich hätte aufstellen lassen, wäre er stante pede zum Bürgermeister gewählt worden - da bin ich mir sicher. Es ist aber nicht so, dass unser Bürgermeister kein Treffer wäre – im Gegenteil! Mit Veit war ich mir einig, dass wir die große Weltgeschichte nur verstehen können, wenn wir die Historie der Heimat so genau wie möglich studieren: Wie war es hier und wie in Franken, dann in Deutschland, Europa und der Welt. Vom Kleinen zum Größeren! So betreiben wir unser gemeinsames Hobby. Wir sind im Geschichtsverein aktiv. Kein anderer als Veit ist schon lange der Vorsitzende. Ich bin sein Vertreter.

Er war zunächst als promovierter Geschichtslehrer an einem Gymnasium in Nürnberg tätig. Später habilitierte er sich mit einem Thema über die Gegenreformation in Franken. Der Aufhänger persönlicher Art für sein Interesse an dieser Zeit war die Vertreibung seiner lutherischen Vorfahren im Dreißigjährigen Krieg aus dem Salzburgischen. Entweder katholisch werden, auswandern oder Tod und Verfolgung hieß es damals unerbittlich. Veit war als liberaler Katholik stolz auf seine Vorfahren, die sich als sogenannte Exulanten nicht verbiegen lassen wollten, sondern ihre geliebte Heimat in Richtung evangelisches Franken verließen. Sie gaben einen wunderschönen reichen Bauernhof in Werfen bei Salzburg dahin. Mit Veit besuchte ich sogar einmal die Heimat seiner Vorfahren in Werfen. Der Getötete wurde vor etwa 25 Jahren ordentlicher Professor an der Universität Erlangen. Seinen Hauptwohnsitz behielt er immer in seiner Heimatstadt Spalt. Vielleicht interessiert es die Polizei weniger, dass er immer wieder betonte, der erste katholische Wiesinger zu sein. Sein Vater hatte eine reiche Spalter Hopfenbauerntochter geheiratet und war so klug, die Kinder nach der Mutter katholisch werden zu lassen. Sie müssen wissen, dass die Konfession in Spalt vor über sechzig Jahren fast existentiell wichtig war und auch heute noch nicht ganz vom Tisch ist. Professor Wiesinger war nicht nur in Spalt ungewöhnlich beliebt - auch bei den Studenten und seinen Kollegen hatte er viel Resonanz. Er war ein mitreißender Redner, was er bis vor wenigen Tagen bei seinen geführten Stadtspaziergängen in Spalt und den Kirchenführungen in Kalbensteinberg häufig unter Beweis stellen konnte. Das Bayerische Fernsehen war noch gestern in Spalt und hat stundenlang mit Veit gedreht. Seine erste Frau stammte aus Wien. Sie kam vor etwa 1o Jahren bei einem Verkehrsunfall ums Leben. Nach ihrem Tod war Veit mit der Erziehung seiner beiden Töchter neben seiner Wissenschaft total überfordert. Es folgte eine Zeit der Verzweiflung. Manchmal versuchte er es auch mit Alkohol. Das zeigte sich sehr schnell als falscher Weg.

Nach einer Zeit der Trauer erlebte er eine heftige Liebesaffäre, die nicht glücklich ausging. In der Großstadt wäre die Geschichte im Dunkeln geblieben und ich hätte sie sicher nicht erwähnt. In Spalt führte seine Liebesbeziehung mit einer verheirateten, ungewöhnlich schönen Frau zu Irritationen und zu einem stadtbekannten, bösen Rosenkrieg des verlassenen Ehemannes bis lange nach der Scheidung. Die große Liebe der Beiden verkraftete den ungeheuren Dreckbewurf durch den Ehemann nicht. Die von Veit innig geliebte Frau trennte sich schweren Herzens von ihm und unserer schönen Gegend. Sie konnte es nicht mehr in Spalt aushalten und zog nach München, wo sie dem Vernehmen nach gut verheiratet leben soll. Ihr früherer Mann heißt Emil Besenbeck. Er wohnt seit Jahren vollständig verbittert und zurückgezogen in einem einsamen Waldstück bei Pleinfeld. Nur selten wird er noch gesichtet und wenn, dann scheu und immer scheuer am Steuer. Nur wenn es nicht zu vermeiden ist, fährt er mit eingezogenen Kopf, fast verdeckt von einer tief sitzenden Baskenmütze, schnell durch das Städtchen. Veit wäre beinahe wegen der Irritationen auch ganz aus Spalt weggezogen, nahm aber Rücksicht auf seine heranwachsenden Töchter, die hierbleiben wollten. Nach einiger Zeit kam Anni, die Sie ja erst vor wenigen Stunden kennen gelernt haben, in sein Leben. Sie ist eine sympathische Frau, die ihrem Veit sehr viel Freiraum lässt. Nachdem sie sich rührend um die zerrüttete Familie gekümmert hatte, wurde sie vor einigen Jahren seine zweite Frau. Ich würde die Ehe meines Freundes als glücklich einschätzen, wenn Sie mich danach fragen.

Nun zu unserer Freundschaft: Neben der Liebe zur Geschichte verbindet uns in letzter Zeit immer mehr unser Engagement für die Asylbewerber, die nach Spalt und in unseren Landkreis kommen. Wir sind überzeugt, dass hier die wichtigste Aufgabe und die größte Herausforderung unserer Zeit liegt. Wenn wir Deutschen jetzt wieder versagen - wie vor etwa 85 Jahren -, dann wäre dies eine Katastrophe. Damals hat sich die „braune Soße" der Nazis von München aus über Deutschland und in die Seelen der Menschen ergossen. Wir sind richtig stolz auf unsere Landsleute, dass sie es jetzt fertigbringen, die ewig gestrigen Ausländerfeinde zu einer Minderheit werden zu lassen. Doch sind wir von einer Unruhe und Angst beseelt, dass diese gezeigte Menschlichkeit wieder umschlagen kann. Es gilt schon jetzt, dagegenzuhalten, soweit dies uns im kleinen Bereich möglich ist.

Ich habe unsere gemeinsame Leidenschaft, die Geschichte, schon angesprochen. Veit hat sich besonders um Spalatin verdient gemacht. In seinem Leben hat er schon viele Bücher geschrieben. Eine neue, vielbeachtete Biografie über Spalatin stammt ebenfalls von ihm. Häufig reist er mit Vorträgen durch die Lande. Jetzt, während der sogenannten Reformationsdekade 500 Jahre nach Luthers berühmtem Thesenanschlag an der Wittenberger Schlosskirche ist auch Luthers Freund Spalatin gefragt. Früher war er nur ganz wenigen Interessierten ein Begriff. Vielleicht passt das manchem der sehr konservativen Mitbürger nicht und ruft unterschwellige Ablehnung hervor. Bei dem brutalen Gewaltakt gegen meinen Freund sollte vielleicht auch hier ein mögliches Motiv in Kalkül gezogen werden, wenn ich auch keine konkreten Hinweise geben könnte."

Hier unterbricht mich der Kommissar: „Jetzt höre ich schon zum zweiten Mal diesen seltsamen Namen, der wohl etwas mit Spalt zu tun hat. Bitte klären Sie mich kurz auf, um wen es sich da handelt. Aber wirklich kurz."

*Das Spalatindenkmal,*
*Es steht beziehungsreich vor der durchbrochenen Kirchhofmauer*
*der Nikolauskirche in Spalt*

„Ja, Spalatin, das ist auch mein Zugang zur spannenden Geschichte der Reformation. Er wurde ein Jahr nach Martin Luther und zwar als uneheliches Kind in Spalt geboren und kam wie ein Wunder in den Brennpunkt des Geschehens und an die Hebel der Macht, als es um die großen Ereignisse der Reformation vor 500 Jahren ging. Er war der engste Vertraute des sächsischen

Kurfürsten Friedrich des Weisen und der treueste Freund Luthers. Ohne ihn hätte es mit Martin Luther schlimm geendet."

Hier unterbricht mich der Kommissar.

„Vorerst genug davon! Ich sehe, dass Sie stundenlang über Spalatius, oder wie er heißt, referieren könnten. Kommen wir zu Ihnen, Herr Hintersass."

„O.K. Vor vielen Jahren war ich, wie schon angesprochen, für fast 3 Jahre Staatsanwalt in München. Dann schied ich aus dem bayerischen Justizdienst aus und wurde besonders für meine damaligen Kollegen so etwas wie eine gescheiterte Existenz. Dafür hatte ich ein sehr interessantes Leben, das ich nicht mit einer biederen Justizkarriere vertauschen möchte. Aus diesen Umständen resultiert heute meine mehr als bescheidene Rente. Eine bürgerliche Existenz, Ehe und Familienleben gab ich aus freien Stücken dahin. Meine Verlobte von damals wollte Sicherheit. Sie hätte gerne einen Juristen im Staatsdienst geheiratet und löste sich von dem Globetrotter, zu dem ich mich entwickelte. Ich war vollständig enttäuscht, dass sie nicht zu mir hielt und beschloss, mich nicht noch einmal zu binden. Ja, ich blieb Single – bis heute."

Der Kommissar hört aufmerksam zu, unterbricht mich nun aber doch mit der Frage nach dem Bruch in meinem Lebenslauf. „Wollen Sie diese alte Geschichte wirklich hören?", frage ich vorsichtig. Er nickt interessiert. „Ich war zunächst als junger Staatsanwalt bei der Abteilung Kapitalverbrechen mit Mord und Totschlag beschäftigt. Mir hat das gefallen und ich war dort akzeptiert. Bevor ich zum Richter ernannt werden sollte, steckte man mich zur Abrundung und vielleicht auch etwas zur Disziplinierung in die allgemeine Abteilung. Dort erwartete mich ein berüchtigter Oberstaatsanwalt, der nicht nur extrem konservativ und stockkatholisch war, sondern auch bösartig sein konnte. Schon sehr bald hatte er mich auf dem Kieker. Eines Tages legte er mir eine Akte mit einer Anzeige seines eigenen Gemeindepriesters vor - wahrscheinlich aber von ihm selbst gepinselt - wegen Gotteslästerung oder Blasphemie nach § 166 StGB. Er wies mich strikt an, eine Anklage zu fertigen. Ich sah mir die Sache an. Es handelte sich um das Werk eines Münchener Künstlers, den ich schätzte. Dargestellt war ein ans Kreuz geschlagener grüner Laubfrosch. Damit wollte der Maler auf die Erlösungsbedürftigkeit der leidenden Kreatur hinweisen. Die "Krone" der Schöpfung Gottes, der Mensch, wie es der Oberstaatsanwalt ausdrückte, werde in der heiligsten Vorstellung der Kreuzigung Christi schwer beleidigt und der öffentliche Friede sei dadurch gestört. „Und was bedeutet Ihnen die Freiheit der Kunst und der Meinungsäußerung?" wand ich ein. Ich weigerte mich standhaft, die verlangte Anklage zu fertigen, obwohl ich weisungsgebunden war. Schweren Herzens nahm ich meinen Abschied aus der bayerischen Justiz, um mein Gewissen nicht belasten zu müssen. Eine Zeit lang hing ich herum. Da kam ein verlockendes Angebot aus den USA. Mein amerikanischer Freund Roger Morse, der mir aus meiner Würzburger Studentenzeit geblieben war, trat auf den Plan. Damals kam er häufig zu uns in die Mensa, um sein Deutsch aufzubessern. Erst später erfuhren wir unter dem Siegel der Verschwiegenheit von seiner Tätigkeit als Geheimdienstagent. Er sollte die Würzburger Kommunistenszene beobachten und etwaige Umtriebe melden. Er hatte nur einen Altkommunisten aufgetrieben, der gerade dabei war, seine Überzeugungen aufzugeben und der CSU beizutreten. Wir witzelten über die Bestechungssummen, die unser amerikanischer Freund zahlen musste, um seinen Renommier-Kommunisten bei der Stange zu halten. Roger hatte von meinem verlorenen Kampf mit dem Oberstaatsanwalt erfahren und rief mich an: „Well, komm doch zu mir nach Kentucky. Ich find ein Job for you und das Immigrationsvisa- you will get it. No problem!"

Für mich begann ein unstetes Leben mit tausend Facetten und allen Farben dieser bunten Welt. Zuerst versuchte ich mich als Lateinlehrer und Fußballcoach einer feinen Privatschule in Louisville, obwohl ich ein schlechter Fußballer und nicht der beste Lateiner war. Hatte ich doch 9 Jahre lang jeden Tag eine Stunde Latein im Gymnasium erlitten und das sollte für die amerikanischen Schüler, die nur etwas ins Latein hineinschmecken wollten, wahrlich genügen. Als Deutscher galt ich kraft meiner Herkunft als der geborene Fußballer, wenn ich auch sauschlecht in diesem Sport war. Soccer, wie sie es nennen, wurde sowieso nur für die schlechten Sportler angeboten, die weder für American Football noch bei Baseball geeignet waren. Wahrscheinlich war ich nicht einmal ein schlechter Lehrer, ohne mich selbst loben zu wollen. Ich konnte die Kinder begeistern und das kann ich auch noch jetzt, wenn ich als Stadt-oder Kirchenführer eine Gruppe vor mir habe. In den USA wollte ich nicht alt werden. Zunächst versuchte ich, wieder, in der Heimat auf einen grünen Zweig zu kommen - schließlich hatte ich mich erfolgreich mit der Juristerei geplagt. Rechtsanwalt war nicht das Meine. Das merkte ich schnell bei einem kurzen Versuch.

Da kam wieder mal ein Anruf, der neue Weichen in meinem Leben stellte. Mein Schulfreund Michel hatte gehört, dass ein Reiseleiter mit guten Englischkenntnissen für Indien gesucht werde. Das reizte mich und bestimmte mein Leben für viele Jahre. Kennen Sie Indien, Herr Bauernfeind?"

Er schüttelt den Kopf und seufzt: „Alles geht nicht".

Ich finde den Faden wieder und fahre fort: „Nicht nur in Indien – auch daheim - sackte ich über Drogen ab. Reiseleitungen waren mir plötzlich verleidet. Eine Freundin bestärkte mich in der irrigen Meinung, das Bewusstsein mit Drogen erweitern zu können und damit mehr vom Leben mitzubekommen. Längere Zeit verbrachte ich mit ihr in einer Haschisch-Farm in Kalifornien.

Gerade noch vor einer drohenden Strafverfolgung konnte ich die Kurve kratzen und kehrte wieder nach Hause zurück. Ich schaffte den Absprung, war aber mehr oder weniger heimatlos. Mit Reiseleitungen hielt ich mich wieder über Wasser. Häufig besuchte ich meinen Onkel Hans in seinem Stadtmauerturm in Spalt. Er war ein Kauz und hatte sich nach einer mittelmäßig erfolgreichen Laufbahn als Einkäufer bei Quelle, Fürth in die Idylle zurückgezogen. Er konnte das kleine Anwesen an der alten Stadtmauer mit einem Garten im Befestigungsgraben kaufen und wohnlich gestalten. Ich bin zwar nicht sein Erbe, aber im Testament mit einem Nießbrauchsrecht bedacht. Nach seinem Tod, darf ich das lebenslange Wohnrecht im Turm genießen, bis sein unehelicher Sohn übernimmt. Meine eigenen Vorstellungen vom schönen Wohnen konnte ich im Turm noch mit etwas vorhandenem Geld umsetzen. Schon bei meinen häufiger werdenden Besuchen als Betreuer des alten Onkels lernte ich Veit Wiesinger kennen, der mir neue Perspektiven im Leben aufzeigte und bald mein bester Freund wurde. Vor etlichen Jahren zog ich ganz hierher. Spalt wurde meine neue Heimat, mit der ich mich voll identifizieren konnte.

Naja, meine Rente würde nur für ein kümmerliches Leben reichen. Veit kam auf die glorreiche Idee mit der Website als Leichenredner und das kommt besser an, als ich je gedacht hätte. Millionen von Mitbürgern sind nicht mehr Mitglieder einer Kirche und haben keinen Pfarrer für die Beerdigung. Ich finde es sehr interessant und fast aufregend, in das frühere Leben eines mir vorher unbekannten Mitmenschen direkt nach seinem Tod einzutauchen. Natürlich habe ich viel mehr Zeit als ein überlasteter Pfarrer. Mindestens drei Tage recherchiere ich interessiert im Umfeld des Verstorbenen und kann ihn dann fast immer wirklich und „lebendig" würdigen. Ich kam erst vor wenigen Tagen von einem sehr bewegenden Einsatz in Wien zurück. Veit ist in seiner Rolle als Kleinstadtbürger, die er auch ganz gut spielte, natürlich noch in der katholischen Kirche und wird einen Priester bei der Beerdigung haben. Gerne würde ich den Abschied von ihm persönlich ohne die Rituale und Dogmen der Kirche, dagegen mit viel Herzblut gestalten! Ich hätte seine volle Zustimmung, das weiß ich sicher. Vielleicht wäre es aber zu bewegend für mich!"

Der Kommissar ist sichtlich unzufrieden mit den vielen persönlichen Einzelheiten und Bezügen. Er übernimmt wieder die Gesprächsführung. Ich bin der bescheidenen Meinung, dass alles, was ich ihm sage, für seine Kenntnis der Besonderheiten des Falles und damit auch für die Aufklärung des Mordes wenigstens am Rande von Bedeutung sein kann. Es wäre ungerecht, wenn ich dem Polizeibeamten nicht einräumen würde, dass er schon bis zu diesem Zeitpunkt sehr viel Geduld mit mir aufgebracht hat. Er stoppt mich nun mit dem Bemerken, dass er in den nächsten Tagen vielleicht mehr von mir erfahren möchte, wenn er besser in die Ermittlungen eingetaucht ist. Er muss sich erst einmal nähere Kenntnisse verschaffen. Dann könne ich erwarten, dass er präzise und detaillierte Fragen zur weiteren Aufklärung des Mordes stellen wird. Jetzt aber will er noch etwas über Spalt hören, das er überhaupt nicht kennt.

Wenigstens in groben Zügen möchte ich kurz mit der Geschichte Spalts, meinem Hobby, anfangen und frage nach, ob ich das darf. Er schaut etwas verzweifelt zum Himmel, weil er schon meine Vorliebe kennt und genehmigt gnädig ein paar Sätze dazu – sonst will er wissen, was sich jetzt hier tut.

Also beginne ich:

„Spalt ist alt. Vor wenigen Jahren feierten wir das 1200-jährige Bestehen der Stadt.

Bis zur Säkularisation im Jahr 1806 bestimmten zwei Chorherrenstifte, die dem Fürstbischof von Eichstätt unterstanden, das

Leben in der kleinen Stadt. Gleich zwei überdimensionierte Stiftskirchen im Zentrum erinnern an diese Zeit. Es ginge zu weit, zu dozieren, was Chorherrenstifte im Einzelnen waren und welche Bedeutung sie hatten. Spalt war und ist dadurch auch jetzt noch sehr katholisch geprägt in einer weitgehend evangelischen Umgebung. Nur, wenn man in die Geschichte eindringt, erfährt man auch, warum sich das so entwickelt hat. Wollen Sie das kurz wissen?"

Der Kommissar genehmigt etwas zögerlich 3 Sätze dazu.

„Vor etwa siebenhundert Jahren lebte ein wenig bedeutender Nürnberger Burggraf aus dem Geschlecht der Hohenzollern, das später sogar die deutschen Kaiser stellte. Er hieß Konrad und hatte die Abenberger Herrschaft geerbt. Nicht nur das Nikolausstift in Spalt geht auf seine Stiftung zurück, er vermachte auch seine Besitztümer um Spalt dem Fürstbischof von Eichstätt, was ihm den Beinamen: der Fromme einbrachte. Und ab 1555 galt bei der Konfession: wie der Herr so sein Gscherr. Alle Untertanen des Fürstbischofs mussten katholisch bleiben oder es wieder werden. Sonst wurden sie kurzer Hand dazu gezwungen. Die protestantischen Hohenzollern in der Umgebung von Spalt nahmen die Reformation an. Dort galt vice versa dasselbe Prinzip.

Der fromme Konrad ließ sich hier in St. Nikolaus auch begraben und verlangte, dass man in seiner Kirche ewig für ihn betet, damit er nicht im Fegefeuer schmachten müsse. Die Spalter bauten später seine gotische Kirche barock um. Dabei warfen sie seine Knochen einfach weg und kurz danach betete auch niemand mehr für seine arme Seele im Feuer."

„Das waren mehr als die genehmigten drei Sätze," resümiert der Beamte etwas säuerlich und will kurz wissen, wie es weiter ging mit Spalt.

„Nach dem Ende der kirchlichen Herrschaft übernahm hier vor etwa 200 Jahren der Hopfenanbau die Hauptrolle und natürlich das gute Spalter Bier. Erst vor wenigen Jahrzehnten verlor das „grüne Gold," wie sie den Hopfen nennen, immer mehr an Bedeutung. Heute braucht man einen Museums-Hopfengarten, so wenige Hopfenbauern gibt es nur noch. War das jetzt zu viel Geschichte?"

Der Beamte schüttelt etwas verzweifelt lächelnd den Kopf und fragt nach dem Jetzt.

„Heute hat die kleine Stadt mit jeder Menge von Eingemeindungen im Spalter Hügelland fast 5 000 Einwohner. Das Fränkische Seenland zieht jährlich mehr Touristen – besonders Schwaben – an, weil es noch als billig gilt. Die CSU hat traditionell beste Wahlergebnisse. Normaler Weise ist es hier ruhig, sehr ruhig. Wenn Sie am Abend – sogar schon vor 20 Uhr - auf der Hauptstraße durch den Ort fahren, ist es ein Glücksfall, einen Fußgänger zu sehen, den Sie nach dem Weg fragen könnten. Einige Wirtschaften gibt es noch, aber die Menschen sitzen im Normalfall lieber daheim vor der Glotze. Gott sei Dank, gibt es wenigstens noch den Spalter Brauerei-Gasthof mit dem Bräustüble. Das Vereinsleben ist fabelhaft entwickelt. Das führt zu vielen Festen, bei denen das Städtchen richtig auflebt und manchmal sogar überschwemmt wird von Fans: beim Weihnachtsmarkt oder wenn die außergewöhnlich guten Sommernachtsspieler auftreten. Am „unsinnigen Donnerstag" gibt es hier mehr Faschingstreiben als in großen Städten. Wichtiger als sonst ist immer noch die katholische Kirche mit den beiden übergroßen Gotteshäusern, die aus der Herrlichkeit der Chorherrenstifte übrig sind. Eine winzige evangelische Kirche zeigt auffällig, wie hier die Mehrheiten verteilt sind. Das neue Hopfen- und Biermuseum im alten Kornhaus mit dem neuhochdeutschen Namen: Hopfen Bier Gut erwartet voller Hoffnung viele tausend Besucher.

Auch auf dem Dach des Kornhauses wartet etwas – leider bis jetzt vergeblich. Es ist ein festgezurrtes Wagenrad für die Spalter Störche. Ein besonders netter und rühriger Heimatfreund, der Bertram, kann bis jetzt den begehrten Gästen mit den roten Schnäbeln einfach nicht genügend Frösche bieten, um Familie Adebar bei ihren Kurzbesuchen zum Bleiben zu überzeugen. Dafür sorgt er bestens für die ortsansässigen Mauersegler und Turmfalken.

In der letzten Zeit ist der offene Stammtisch am Dienstag im Bräustüble von wachsender Bedeutung. Durch den anhaltenden Flüchtlingsstrom gibt es großen Diskussionsbedarf bei vielen Bürgern. Veit und ich sind immer dabei, um unsere gemäßigte und menschenfreundliche Position zu vertreten, die ich hier kurz schildern darf. Ja?"

Ein unwilliges Knurren des Kommissars ist nicht zu überhören, während er kurz nickt.

Ich leite meinen länger werdenden Exkurs vorsichtig ein. Zunächst versuche ich, die Situation beim Stammtisch und Veits Haltung zum brisanten Thema aufzuzeigen. Der Kommissar hätte lieber Fakten. Die gibt es jedoch nirgends in erreichbarer Nähe. Also lässt er mich – immer auf Kürze der Ausführungen bedacht - mal gewähren:

„Vielleicht gibt es sogar unmerklich einen Link zum Mord an meinem Freund Veit! Es leben hier viele Unentschlossene, Ängstliche und auch einige Ewig-Gestrige. Seit Wochen kommen zum wöchentlichen Stammtisch am Dienstag mindestens 30 Leute. Es geht hoch her. So richtig rechtslastige Ausländerfeinde sind gar nicht vertreten oder sie halten wenigstens ihren Mund. Veit brachte öfter zum Ausdruck, dass er sich über die hilfsbereiten Deutschen sehr freut. Nationalstolz empfinde er deshalb, wie er es nicht einmal bei der gewonnenen Fußball-Weltmeisterschaft erlebt habe. Er sei heilfroh, dass unsere

Landsleute es in ihrer Mehrheit fertigbringen, die Flüchtlinge aus den Krisengebieten freundlich aufzunehmen. Er spricht mit Begeisterung, aber auch mit guten Argumenten. Natürlich wäre es besser, wir könnten die Ursachen wirkungsvoll angehen. Da gibt es Versäumnisse, aber auch Hilflosigkeit. Als viertgrößter Waffenexporteur der Welt und als mächtige Wirtschaftsmacht mit wenig Moral in Dingen des Geldes sind wir mitschuldig an manchen Entwicklungen. Hätten wir doch wenigstens die Flüchtlinge in ihren heimatnahen Lagern mehr unterstützt! Heute gibt es eine neue globale Völkerwanderung. Sie fallen nicht mit Waffen – wie einst die Germanen über die Römer her. Halbverhungert und oft traumatisiert bitten sie um Hilfe bei den reichen Mitmenschen, die Natur- und Grundrechte auf ihre Fahnen geschrieben haben. Wir brauchen in den nächsten Jahren Millionen junger Arbeitskräfte. Hoffentlich kostet uns der unglaublich naive Betrug von VW nicht das Renommee in der Welt und damit unsere Wirtschaftskraft! Wie konnten die Ingenieure nur glauben, dass der Diesel-Betrug nicht aufkommen würde?

Wer fordert, das Asylgrundrecht und die Zahl der Ankömmlinge zahlenmäßig zu beschränken, sollte doch auch zugeben, dass er einen Zaun um unsere Grenzen bauen will, um alles dicht zu machen, wenn die Zahl erreicht ist. Und dann, wenn die Flüchtlinge den Zaun aufschneiden, was ist dann? Wer die Sache logisch zu Ende denkt, muss gestehen, dass er dann mit Erschießung der Ankömmlinge einverstanden wäre. Was sollte sonst die Obergrenze?

Klar, dass es gut wäre, wir hätten schon lange ein Einwanderungsgesetz, womit wir uns die Besten aus der ganzen Welt herauspicken könnten. Es sind aber zwei Paar Stiefel. Mit den Flüchtlingen, die vor unserer Türe stehen, hat das nichts zu tun.

Natürlich ist das mit dem Einwanderungsgesetz extrem egoistisch gedacht! Sympathisch und verantwortungsbewusst gegenüber der „Einen Welt" klingt es nicht gerade.

Jetzt sind sie da die Flüchtlinge. Es sind Menschen und sie brauchen unsere Hilfe! Es gibt viel Positives, aber natürlich auch Ängste. Hierin liegt die größte Gefahr für unsere Zukunft. Veit äußert seine Befürchtung, dass die Deutschen zurückfallen könnten in unselige Zeiten der Fremdenfeindlichkeit und des Hasses. Sehen wir das neue Phänomen doch lieber positiv: Die Schulen sind froh, nicht schließen zu müssen. Auch bei uns in Spalt müssten Klassen schließen und unsere wenigen Kinder müssten in Schulbussen weit herumgefahren werden, um unterrichtet zu werden. Das Geld-Argument, das viele Stammtischbrüder am liebsten auftischen, stimmt nicht: Die vielen blutjungen Ausländer bringen auf längere Sicht mehr Geld in die öffentlichen Kassen, als sie zunächst für die Integration benötigen. Eine letzte Chance für die zukünftigen Renten! Ist das etwa nichts?

Man darf auch die Probleme nicht wegdrücken, die durch mangelnde Anpassung entstehen können, weil die Ankömmlinge leider häufig unsere inneren Werte, wie Toleranz, Gleichberechtigung der Frauen und sonstige Menschenrechte nicht kennen – noch nicht! Brandgefährlich ist das Wort von der Islamisierung des Abendlandes, weil es diffuse Ängste hervorruft, ohne einen Beweis antreten zu müssen. Unsere Gesellschaft wird sich durch die Flüchtlinge ändern. Das tut sie schon ständig und wird es immer weiter tun!

Als Wortführer der Gegenseite tritt besonders Sepp Hinterholzer auf. Er vertritt nicht gerade eine besonders rechtslastige Position, aber eine katholisch-konservative. Als pensionierter Gymnasiallehrer ist er rhetorisch unserem unglücklichen Veit fast ebenbürtig. Er meint, dass die „blauäugigen Gutmenschen", wie der Veit, unsere abendländische Kultur, die in fast zweitausendjähriger christlicher Geschichte gewachsen sei, einfach aufgeben und verraten. Die Flüchtlinge seien überwiegend Moslems, von denen wir schon genug im Land hätten. Er malt immer wieder folgende Zukunft an die düstere Wand: Veit, Du es wirst vielleicht nicht mehr erleben, - und da hatte er ja leider sehr schnell Recht - aber in 20 oder 30 Jahren gibt es eine Mehrheit von Moslems auch in Spalt. Das ist anhand der durchschnittlichen Kinderzahl, die ihr ja alle kennt, leicht vorherzusagen. Es gibt dann auch in unserer Stadt einen moslemischen Bürgermeister. Das ist bei unserem demokratischen System sicher. Und die Nikolauskirche, die sich ja sowieso in Eigentum der Stadt befindet, wird zur Moschee umgestaltet. Schaut doch nur einmal auf das Deckengemälde in der Kuppel! Da kann man schon seit 250 Jahren den moslemischen Großwesir sehen! Wenn das kein Omen ist! Um die Nikolauskirche werden Minarette aus dem Boden wachsen und die Glocken werden eingeschmolzen. Der Muezzin singt – nicht nach unserer Art - seinen Singsang schon früh um 5 Uhr - mit riesigen Lautsprechern verstärkt – über unser schönes Städtchen."

*Das Deckengemälde in der Kuppel der Nikolauskirche von 1770 zeigt einen Großwesir beim Tafeln.*
*Allerdings hat auch der Heilige Nikolaus seinen großen Auftritt als Retter eines gefangenen Christenknaben*

„Das sind starke Worte", entgegnen wir mit verteilten Rollen und vereinten Kräften. „Das Buch von Thilo Sarrazin mit dem Titel: Deutschland schafft sich ab, kennen wir auch. Es ist schon fast zehn Jahre alt und stimmt immer noch nicht. Ja, jetzt bei der neuen Völkerwanderung zu uns ist manches davon etwas näher gerückt, aber immer noch weit entfernt. Was hast Du eigentlich gegen Gutmenschen, Sepp? Sind Dir Schlechtmenschen lieber? Wer weiß schon, was die Zukunft bringt? Zunächst solltest Du bei den realen Zahlen bleiben: Moslems machen momentan bei uns 6% der Gesamtbevölkerung aus. Vielleicht steigt ihr Anteil auf etwa 10 Prozent. Die Mehrheit werden sie auch bei den jetzigen Flüchtlingszahlen nie erreichen. Sie werden immer weniger Kinder bekommen, wenn sie erst einmal in die Konsumgesellschaft integriert sind. Und viele werden in ihre Heimat zurückkehren, wenn man dort wieder in Frieden leben kann und sie bei unserem Schmuddel-Wetter Sehnsucht nach Wärme und Sonne bekommen. Die Konkurrenz belebt vielleicht auch noch unsere schlaffe christliche Religion. Außerdem gibt es Wunder und Überraschungen und nicht zuletzt ein Gottvertrauen. Denkt nur einmal an die russischen Kirchen, die die Kommunisten in Markthallen umgewandelt hatten und die heute wieder orthodoxe Gotteshäuser sind, die keineswegs leer stehen! Könnte man nicht auch einmal den Hochwürden fragen, ob so etwas wie Gottvertrauen eine Art Häresie oder Ketzerei ist. Der Christengott könnte doch seine Kirche auch gegen den Moslemgott Allah schützen – oder ist es doch derselbe Gott?"

Sepp wird dann doch noch polemisch und bringt bitter hervor, dass eines Tages die schöne Spalter Nikolaus-Kirche in Veit-Wiesinger-Moschee umbenannt werden wird. Und das Spalatin-Denkmal landet am Bauhof wie zur Zeit der „Schoss" (der Heilige Georg, das Denkmal der Gefallenen des ersten Weltkriegs)."

So ähnlich laufen die Diskussionen beim Stammtisch häufig ab. Die meisten Teilnehmer hören nur zu. Kein Mensch kann in sie hineinschauen. Es scheint, dass die Mehrheit auf unserer Seite ist. Es ist hier im Moment nicht schick, sich ausländerfeindlich zu outen.

Der Begriff Wiesinger-Moschee prägt sich leider bei den Zuhörern in unseliger Art ein und wird gerne unter vorgehaltener Hand im Städtchen verbreitet.

Der Kommissar zeigt allmählich noch mehr Unwillen an dem für ihn viel zu breiten Ausdehnen des Themas.

Ich äußere mit voller Überzeugungskraft, dass derzeit das Flüchtlings -und Ausländer-Problem im Vordergrund aller Überlegungen stehe. Es würde mich nicht wundern, wenn in diesem Zusammenhang auch der Schlüssel zur Aufklärung des Mordes läge. Ich weiß nur noch nicht, wo und wie wir ihn finden können.

Der Beamte lacht nur und verweist darauf, dass es keine Anzeichen für eine rechtsextreme Szene in Spalt oder einen ideologischen Tathintergrund gebe. Ich solle wieder ein klar denkender, nüchterner Mensch werden. Schließlich sei ich einmal Staatsanwalt gewesen. Er doziert, dass erfahrungsgemäß als Motive zunächst Geld, dann Eifersucht und sehr häufig Beziehungskisten, wie bei Vater- und Gattenmord in Frage kommen. Keine Märchen und Sagen und auch keine Stammtischdiskussionen!

Ich nehme die Belehrung schweigend hin und ergreife wieder das Wort.

„Noch zu den Fernsehaufnahmen der letzten Tage: Es wurde stundenlang gefilmt. Auch das Asylantenproblem in Spalt wurde behandelt. Dann natürlich die Historie, die Kirchen und der Hopfen. Veit war einer der Hauptdarsteller. Der Beitrag des Bayerischen Fernsehens soll erst in etwa einem Monat über die Bildschirme flimmern und o Gott - Veit ist nicht mehr dabei! Vielleicht wird ihm wenigstens ein würdiger Nachruf zuteil!"

Der Kriminalist muss jetzt natürlich noch seine Spur eines gedachten Raubmordes weiterverfolgen und fragt mich, ob ich mich erinnern könne, ob mein Freund Veit einen größeren Bargeldbetrag bei sich gehabt habe. Ich kann mich an den „Fuffzger" erinnern, mit dem er großzügig unsere Zeche bezahlt habe. Ob das der einzige Schein in seinem Geldbeutel gewesen sei, kann ich nicht sagen. Für den Gedanken eines Raubmordes kann ich mich nicht erwärmen. Die gesamten Umstände sprechen dagegen. Auch die Frage nach einem noch nicht Ermittelten, dem der Tod Veits einen größeren wirtschaftlichen oder finanziellen Vorteil hätte bringen können, kann ich nicht beantworten. Ich weise auf einen Vetter Veits hin, der mehr als ich darüber wissen könnte.

Der Ermittler bittet noch, von der Sendezeit der Spalt-Aufnahmen mit Veit informiert zu werden. Er packt sein Smartphone ein und meint, dass er für heute mehr als genug gehört habe. Er müsse alles erst einmal verdauen und verarbeiten. Er sei eigentlich nicht dafür da, die Flüchtlingsdiskussionen des Dienstags-Stammtisches in Spalt so genau hören zu müssen. Geschichte sei auch nicht gerade sein Hobby. Morgen ist er wieder hier, um weiter zu recherchieren. Vielleicht wird dann auch die Witwe Veits seelisch soweit gediehen sein, dass sie vernommen werden kann. Schließlich könnten morgen auch die Ergebnisse der Obduktion weiter dabei helfen, die schreckliche Tat aufzuklären.

Der Kommissar lässt mich in einem desolaten Erregungszustand zurück. Ich setze mich halb betäubt ins Auto und suche meinen alten Schulfreund Michel auf, um mich erst einmal auszuweinen und vielleicht durch seine überlegene und ruhige Art wieder zum rationalen Denken zurückzufinden.

Am nächsten Morgen widmet sich der Kommissar in seinem Nürnberger Büro erst einmal intensiv dem bereits vorliegenden Obduktionsbericht des Gerichtsmediziners. Er hat in der Nacht von Spalt geträumt: Die Kirchen waren voller verdächtiger Beter, die scheinheilig nach oben blickten, aber schnell tuschelten, wenn er sich abwendete.

Der Gerichtsmediziner stellt in seinem Gutachten fest, dass der Kopf des Opfers von einem breiten, runden Gegenstand mit längerem Stiel mit großer Wucht von hinten getroffen worden sei. Die Kalotte sei zertrümmert. Sein Tod muss fast unmittelbar nach dem Schlag eingetreten sein. Eine Hilfe hätte es auch bei sofortiger Versorgung nicht geben können. Der Mediziner macht sich Gedanken, ob die Tatwaffe vielleicht ein Baseballschläger war. Solche Fälle habe er schon wiederholt selbst gehabt und in der umfangreichen Literatur studiert. Er kommt zum Schluss, dass die Mordwaffe vorne viel breiter gewesen sein muss – wohl auch mit einem längeren Hebel versehen. Im Bewusstsein, dass dies für die Aufklärung des Mordes von Bedeutung sein könnte, gibt er einen seltsamen Hinweis, der noch zu vielen Verwerfungen führen wird. Er denke an eine Waffe, wie sie der keulenschwingende Herkules auf alten Statuen zeigt. Sehr weit hergeholt, resümiert der Kommissar, der von Herkules und dem klassischen Altertum total unbeleckt ist.

Er telefoniert mit der leidvollen Witwe, die sich schon bei ihm gemeldet hat, kündigt sich für den Nachmittag an und fährt nach Spalt.

Ein fast schon großbürgerlich anmutendes Ambiente empfängt ihn im ehemals reichsten Hopfenbauernhaus der Stadt. Etwas verloren wirkend in den musealen Gemächern, empfängt ihn Anni Wiesinger wie ein Häuflein Elend. Ihr verweintes Gesicht erzählt von ihren seelischen Schmerzen, mit denen sie jetzt leben muss. Alle Leichtigkeit ist von ihr gewichen. „Können Sie mit mir sprechen," fragt der Beamte freundlich und etwas zaghaft. „Ich versuche es", bringt sie gequält hervor.

„Frau Wiesinger, wenn ich zunächst Ihre Personalien aufnehme, dann ist dies bei uns so. Bitte haben Sie Verständnis!

Also Anni Wiesinger, geborene Wermann, ihr Alter bitte" „ich werde bald 63". „Also 62 Jahre alt. Wann haben Sie den Verstorbenen geheiratet"? „Am 1.6. 2010. Wir haben keine gemeinsamen Kinder. Aus seiner früheren Ehe hat mein Mann zwei Töchter. Von Beruf war ich Hauptschullehrerin – zuletzt in Roth."

„Ihre Anschrift und Telefonnummer ist mir bekannt. Sie sind aussagebereit." So schließt der Kommissar den formellen Teil der Vernehmung ab.

„Erste Frage: sind die Töchter des Getöteten verständigt?"

„Ja, ich erwarte sie morgen hier."

„Was schießt Ihnen jetzt durch den Kopf?"

„Eben war noch Veits Freund- auch mein Freund – der Schorsch bei mir. Wir haben gemeinsam geweint und dann über Veit und das schlimme Geschehen gesprochen. Uns fehlt auch die leiseste Ahnung eines Verdachtes. Wir sind seine Kontakte durchgegangen. Er war praktisch Mitglied in allen Vereinen. Seine Nummer 1 war der Geschichtsverein, wo er als Vorsitzender agierte. Einen Neider, den er etwa verdrängt haben könnte, konnten wir nirgends auch nur ansatzweise ausmachen. Mit Sepp Hinterholzer diskutierte Veit gerne und eigentlich freundschaftlich. Er war ihm richtig zugewandt. Er ist sicher kein Feind. Ja, Schorsch hat mir von den letzten Diskussionen über das Thema des Flüchtlingszustroms berichtet und von dem bösen Wort, das im Feuer des Streitgesprächs gefallen ist: die Wiesinger-Moschee. Der Begriff hat sich schnell in Spalt ausgebreitet. Da scheint Sepp im Gefecht der Worte die Vernunft verlassen zu haben. Ich kann mir vorstellen, dass sich hier etwas emotional zusammenbraut. Aber halt – nein! - der grausame Mord – an einen Zusammenhang damit kann ich nicht glauben!"

Der Kommissar spricht die mögliche Tatwaffe, eine große Keule, an. „Haben Sie irgendeine Assoziation, wenn Sie davon hören? Einen anderen Anhaltspunkt haben wir im Moment noch nicht."

Anni meint, dass sie sich so eine Keule gar nicht vorstellen könne. „Wie Herkules, sagen Sie? Keine Ahnung, was Sie überhaupt damit meinen."

„Halten Sie mich sofort auf dem Laufenden, wenn Ihnen etwas einfallen sollte. Ich danke Ihnen und wünsche Ihnen viel Kraft, die Sie jetzt brauchen und dass Sie mit dem Unfassbaren etwas besser zurechtkommen." Er stellt noch eine letzte Frage nach den Gewohnheiten ihres Mannes im Umgang mit Bargeld: „Trug ihr Mann meist größere Geldbeträge mit sich herum? In seiner Geldbörse wurden nur wenige Cent gefunden."

Noch ist die Möglichkeit eines Raubmordes nicht aus der Welt.

Anni meint, dass sie dazu nichts beitragen könne, weil Veit es völlig unterschiedlich gehalten habe. Es könne gut sein, dass er sich nur einen Schein für seine voraussichtliche Zeche eingesteckt habe.

Jetzt aber nichts wie weg aus der traurigen Atmosphäre des Witwensitzes! Der behäbige Brauerei-Gasthof ist schnell erreicht. Herr Bauernfeind findet schon am Nachmittag eine größere Anzahl von Bürgern und ein paar Fremde vor ihren Bierkrügen vor. Als er die Szene betritt, wird getuschelt. Er ist schon fast überall bekannt und die Wenigen, die ihn noch nicht zu Gesicht bekommen haben, werden sofort aufgeklärt. Natürlich gibt es an allen Tischen kein anderes Thema als den Mord in der

Stadt. Man will es ganz einfach nicht glauben. „Ja, vielleicht in Frankfurt oder Nürnberg – aber hier bei uns in Spalt!"

Der Beamte aus Nürnberg freut sich, jetzt endlich im urgemütlichen Bräustüble die Beine ausstrecken zu können. Hier bin ich Mensch – hier darf ich`s sein, denkt er bei einem kräftigen Schluck der ersten „Halben" des guten Spalter Biers, das die Bedienung mit lachendem Mund kredenzt. Auch hier sieht man schon Journalisten, die der sensationelle Mord an einer bekannten Persönlichkeit anlockt. Überall wird fotografiert und gefilmt. Die Bürger werden befragt und fühlen sich wichtig. Als der Betrieb in der Gaststube etwas nachlässt, bittet der Kommissar die Kellnerin Reni an seinen Tisch und möchte von ihr wissen, was am vorletzten Abend hier los war. Das mit dem „Menschsein" ohne Pflichten ist schon wieder an ihm vorbei gehuscht.

Reni ist seit vielen Jahren die Seele des Bräustübles. Sie ist immer noch eine schöne und begehrte Frau – nicht nur bei den Stammgästen – wenn sie auch etwas molliger und fraulicher geworden ist. Ihr Alter ist ein ungelöstes, großes Rätsel, weil sie nicht darüber reden will. Ich schätze sie so zwischen dreißig und fünfzig - je nach meinem Biergenuss und ihrer Tagesform. Eine bessere Zeugin hätte der Kommissar nirgends auftreiben können, denn sie ist gescheit und umsichtig. Ihr entgeht so schnell nichts und dabei ist sie keine geschwätzige Kellnerin.

Natürlich erinnert sie sich an den Mordabend ganz genau. Der Veit sei seit vielen Jahren ein enger Freund von ihr. Sie habe früher sogar etwas für ihn geschwärmt und stehe ihm sehr nahe. Manche Frauen in der Stadt meinen allerdings, viel mehr an erotischen Einzelheiten über die Beiden zu wissen. Sie schweigt sich dezent über Intimitäten aus.

„Ja, vorgestern war die Bude zuerst rappelvoll. Es gibt am Mittwoch regelmäßig frisch gebackene Schäufele aus dem Ofen mit besonders knackiger Kruste. Da kommen Gäste aus der ganzen Gegend. Natürlich waren der Veit und auch der Schorsch da. Veit war ja Strohwitwer, weil sich seine Frau auf Reha befindet. Schorsch ist ein „allein jagender Wolf", der immer großen Hunger auf unsere Schäufele mit Klößen aufbringt. Die Beiden saßen an ihrem Stammplatz in der Ecke und wollten gegen 10 Uhr gehen, als sich das Lokal schon weitgehend geleert hatte. Der heftige Regen ließ sie noch einmal umkehren und noch ein „Seidla" Helles trinken. Um 11 Uhr begann ich, die Stühle hoch zu stellen. Die Freunde waren immer noch im angeregten Gespräch beieinander. Endlich beschlossen sie, schnell unter dem Regen heim zu hasten. Es goss aber noch viel mehr als vorher. Ich schlüpfte auch schnell in mein Auto und war schon nach 20 Metern Fußweg bis zum Parkplatz patschnass", fügt sie hinzu."

Herr Bauerfeind hört amüsiert der lebendig erzählenden, sympathischen Reni zu. Jetzt hat er noch einige Fragen: War außer den Beiden zum Schluss oder kurz davor noch jemand in der Kneipe?" Das kann Reni klar verneinen. „Gab es etwas Verdächtiges im Laufe des Abends, das Ihnen aufgefallen ist?" Auch hier kommt ein klares Nein.

Haben die beiden Freunde vielleicht gestritten?

"Also laut wurde es schon einmal. Ich hörte immer den Namen Spalatin. Ein Streit war es jedoch nicht – eher eine gemeinsame Empörung über die Idee eines Spalatin-Wanderweges. Soviel habe ich mitbekommen."

Nun noch eine weitere Bitte: Könnten Sie mir Genaueres über die Dienstag-Stammtische berichten?

„Ja, die Dienstag-Stammtische sind jahrelang so dahin gedümpelt mit vier oder mal fünf Teilnehmern. In der letzten Zeit, seit der Ansturm von Flüchtlingen sogar die Milliarden für Griechenland in den Hintergrund schiebt, da kommen gleich dreißig

Leute und mehr. Es sind jetzt auch ein paar Frauen drunter. Sonst geht man ja von der Männerherrlichkeit im Zusammenhang mit Stammtischen aus. Im Moment sind hier alle verunsichert und wollen hören, was man über den nicht abreißenden Strom von Asylsuchenden denken soll und wie es weitergeht. Es gibt nur drei oder auch vier, die überhaupt was sagen. Der Veit, der Schorsch Hintersass und natürlich der Sepp Hinterholzer auf der Gegenseite. Die anderen hören meist nur zu. Bei einem der letzten Dienstage kam es zu dem bösen Wort von der Wiesinger Moschee. Das hat mir gar nicht gefallen. Die Leute bekommen nur Angst vor der Zukunft!"

Der Kommissar bittet Reni noch um eine Liste mit den Namen aller Teilnehmer an den letzten Dienstagsrunden. Sie glaubt nicht, dass sie alle Namen zusammenbringt, will jedoch ihr Bestes versuchen. Der Beamte steht deutlich erkennbar nicht voll hinter der Bitte um eine Namensliste, weil er die Diskussionen über das Flüchtlingsproblem für nicht sehr relevant einstuft. „Das gibt es bei den Zahlen der notleidenden Menschen, die zu uns drängen, an jedem Stammtisch", lässt er einfließen. Reni entgeht es nicht, dass sie sich bei der Auflistung nicht übermäßig ins Zeug legen muss.

„Noch eine wichtige Frage: Erinnern Sie sich daran, wie Herr Wiesinger vor dem Aufbruch in den Regen am Mittwoch bezahlt hat?" Reni überlegt kurz.

„Ja, das letzte Bier der Beiden hat Schorsch Hintersass übernommen, nachdem sie noch einmal wegen des Regens zurückkamen. Das ist normal, weil er vorher eingeladen war. Da hat Veit „zusammen bitte" gerufen. Er hat mir einen „Fuffzger" in die Hand gedrückt, obwohl es nur 40,- € insgesamt ausgemacht hat. Das weiß ich noch ganz genau. Veit war sehr großzügig. Ob das sein einziger Schein im Geldbeutel war, kann ich natürlich nicht sagen."

Als erfahrener Polizist erwartet Herr Bauernfeind bald konkrete Hinweise aus der Bevölkerung, bei denen er sich weder um Geschichte, Philosophie noch um große Themen der Tagespolitik kümmern muss. Bei der offenen Problematik, ob es ein Raubmord gewesen sein kann, gibt es durch Renis Aussage leider keine Klärung. Es spricht sogar etwas dafür, dass es der letzte Geldschein im Portmonee war. Den gibt man leichter her! Trotzdem ist sich der Kommissar beinahe sicher, dass auch bei dieser Tat Geld dahintersteckt. Vielleicht kommt schon morgen ein brauchbarer Link zu einem satten Geldvorteil eines noch Unbekannten, der durch den Tod Veits entsteht. Man dürfe nur nichts unbeachtet lassen, solange er im Dunkeln tappe. Die Bedeutung der Dienstag-Diskussionen für die Mordermittlungen wird nach seiner Meinung von mir total überschätzt.

Nach dem Verlassen des Bräustübles strebt der Kommissar weiter. Er muss noch einmal zu mir in den Stadtmauerturm. Er zeigt sich in sehr starker innerer Abwehrhaltung. Mein Beitrag zur Aufklärung erscheint ihm eher verwirrend. Ich bin ihm viel zu irreal – vielleicht einfach zu alt und nicht mehr zeitgemäß.

Nervös verharre ich in Wartestellung und bin gespannt, was es an Neuem gibt. Natürlich bemerke ich seine Vorbehalte gegen mich. Er betrachtet mich als einen Weltfremden, was mir gar nicht gefällt. „Hallo, Herr Hintersass. Geht es etwas besser?"

„Ich warte schon ungeduldig auf den Ermittlungsstand,", erwidere ich kurz. „Gibt es Erfolge?"

"Naja, da ist der Obduktionsbericht. Ihr Freund musste wenigstens nicht mehr leiden und langsam auf der Straße im Regen ohne Hilfe sterben. Seine Schädeldecke zerbrach wie ein Hühnerei durch einen einzigen Schlag mit einer gewaltigen Waffe. Der Täter hat voll getroffen. Das Opfer war sofort tot. Als Tatwaffe kommt kein Baseballschläger in Betracht, sondern eine breite Keule mit einem längeren Griff. Deshalb entstand diese riesige Wucht. Sie verstehen: durch die Hebelkraft. Sonst wäre eine schmälere Stelle des Schädels betroffen. Der Gutachter schreibt etwas sehr Ungewöhnliches: er stellt sich die Tatwaffe wie die Keule des Herkules vor. Können Sie etwas damit anfangen? Haben Sie so etwas Ähnliches vielleicht irgendwo in Spalt gesehen? Anni Wiesinger kann sich eine Herkuleskeule nicht einmal vorstellen."

„Moment mal", fällt mir ein, „hier in Spalt Fehlanzeige – aber den keulenschwingenden Herkules habe ich doch erst gesehen. Ja, das war in Wien bei meinem Einsatz als Trauerredner - beziehungsweise danach, als ich noch etwas Zeit für eines der Wiener Museen übrighatte. Ich glaube, dass ich den Herkules sogar fotografiert habe. Ich sammle solche Kunstwerke in einer meiner Fotodateien.

Der PC ist an – eine Sekunde und ich habe die Aufnahme."

*Herkules erschlägt mit seiner Keule einen Zentaur*

Der Kommissar ist nicht begeistert von dem antiquiert wirkenden Bild. Er meint, dass die Spalter wohl nur wenig damit anfangen können. Sie haben doch alles andere als einen Herkules im romantischen Städtchen! Damit könnte ich die Kleinstadtbürger verwirren. „So was ham mer net", werden sie sagen. Trotzdem bittet er rein vorsorglich um einen Ausdruck des Fotos, was ich sofort erledige. Er beteuert wiederholt, dass er nicht damit rechne, mit der Schnapsidee „Keule des Herkules" auf die Spur des Täters zu kommen. Leider habe er sonst noch gar nichts in Händen. In der Not frisst der Teufel…Also her mit dem grotesken Götterbild!

Und, nun noch zur Fortsetzung Ihrer Vernehmung von gestern: Die Bedienung des Bräustübles sagt aus, dass es an dem Abend vor der Tat zwischen Ihnen und Ihrem Freund Veit laut geworden sei. Davon haben Sie nichts erwähnt. Gab es einen Streit zwischen Ihnen?"

„Ach, du meine Güte, jetzt suchen Sie wohl ein Motiv bei mir, nachdem Sie mich als Hauptverdächtigen einstufen! Es gab keinen Streit. Wir erregten uns gemeinsam über einen Plan, den heimischen Tourismus mit einem Spalatin-Wanderweg zu beleben. Das klingt in unseren Ohren wie ein Witz. Nach dem unerwarteten Erfolg von Veits Spalatin-Biografie und dem anhaltenden Massenansturm von Pilgern auf dem Jakobsweg will man auf diesen Zug aufspringen. Nur eignet sich Spalatin gar nicht dazu. Es gibt hier keinen historisch verbürgten Fleck, wo er je gewandert sein könnte, nachdem er schon mit 13 Jahren seine Heimatstadt verlassen hat. Glauben Sie, dass ein Kind vor 500 Jahren ans Wandern dachte? Er wollte seine uneheliche Geburt und seine Herkunft bewusst im Dunkeln lassen und hat alles getan, Anhaltspunkte für seine Kindheit hier im Spalter Hügelland zu beseitigen. Ein Spalatin-Wanderweg würde wie ein Märchen historische Bezüge vorspiegeln, die erst erfunden werden müssten. Das hat uns so aufgeregt, dass wir etwas lauter wurden. Wir waren uns einig und ein Herz und eine Seele."

Der Kommissar räumt nun ein, dass es die Bedienung ähnlich beurteilt und wird auf einmal vertraulicher. Er bekundet, dass er mich nicht verdächtigt und es eigentlich nie ganz ernsthaft getan hat. So viel Menschenkenntnis könne ich ihm wirklich zutrauen! Er unterdrückt, dass er zwar wenig Hoffnungen auf meine Unterstützung setzt, aber fügt diplomatisch hinzu: „Wir müssen den Fall gemeinsam aufklären. Es wird schwer, da momentan auch nicht der geringste Verdacht auf einen möglichen Täter besteht. Und was, wenn nicht der Kommissar Zufall zur Hilfe kommt?"

Ich merke deutlich, dass er verschweigt, bei ersten konkreten Hinweisen auf die Zusammenarbeit mit mir altem, etwas „spinnerten" Mann verzichten zu wollen. Immerhin ist nicht hundert prozentig auszuschließen, dass die erwarteten Tipps doch von mir kommen.

Der Kommissar stellt noch eine letzte, mir nicht gleich verständliche Frage: „Wissen Sie, wieviel Bargeld ihr Freund, Herr Wiesinger, am Mittwochabend bei sich hatte?" Ich überlege, ob er wirklich an einen Raubmord denken könnte. Diese Möglichkeit scheidet bei meinen Überlegungen definitiv aus. Solche Taten sehen nach meiner Überzeugung ganz anders aus! Leider muss ich die Antwort nach vorhandenen Geldbeträgen Veits zum Zeitpunkt der Tat schuldig bleiben. Er hatte meistens nur eine kleine Barschaft bei sich, wenn er sich auch am Bankautomat der Sparkasse größere Beträge ins Haus holte. Nur das weiß ich noch beizusteuern.

Der Ermittler will am Montag die Bargeldfrage weiter aufklären. Jetzt möchte er erst einmal ein Moratorium einschieben, hofft jedoch auf brauchbare Hinweise von mir und aus der Bevölkerung. Der Beamte verabschiedet sich für ein paar Tage übers

Wochenende. „Wenn wirklich etwas Wichtiges an den Tag kommt, rufen Sie mich unter meiner privaten Handynummer an," die er mir auf einen Zettel schreibt. „Vage Fantasien helfen mir jedoch nicht," schließt er wenig freundlich im Weggehen seinen Besuch ab.

Verärgert und etwas verunsichert wegen der mangelnden Anerkennung bleibe ich zurück und weiß nicht recht, was nun zu tun ist. Etwas trotzig rede ich mir ein, dass der Mann aus der Großstadt doch keine Ahnung hat, wie es im kleinen Spalt so läuft. Soll ich nun wegfahren und vielleicht etwas Ruhe in einem Wellnesshotel oder bei einer Bergwanderung suchen? Nein, Ruhe lässt sich im Moment nicht finden, geht mir durch den Sinn.

Jetzt brauche ich erst einmal Verbündete bei meiner eigenen Aufklärungsarbeit, die bei der Hilflosigkeit des Kommissars in einem, ihm unbekannten Milieu unbedingt gefordert ist. Ich schaffe es ja doch nicht, mich abzulenken! Da kommt mir ein sehr guter Bekannter aus dem Geschichtsverein in den Sinn. Ich möchte ihn schon fast als Freund bezeichnen, ohne diesen Begriff zu überstrapazieren. Es ist der Spalter Geschäftsmann Franz Joseph Messerer, der mir als einheimisches Urgestein mit Herz, weltoffenem Verstand und einem wachen Geist sehr nahe ist. Ich verabrede mich mit ihm für den morgigen Samstagabend im Bräustüble.

Am Morgen nach einer schlimmen Nacht unternehme ich einen Jogginglauf zum Brombachsee, um wenigstens zu versuchen, auf andere Gedanken zu kommen. Vielleicht kommt mir dabei ein erhellender Gedanke zur Aufklärung des Mordes? Lange sitze ich auf den Bänkchen am Damm – erst zum Igelsbach- dann zum Brombachsee gewandt. Einige Radfahrer sind unterwegs und lassen ihr surrendes Geräusch hinter mir ertönen. In mir surren und rasen die Gedanken wie Fetzen durch die Hirnwindungen. Alle bekannten Bürger werden im Geiste immer wieder durchgecheckt – kein auch nur noch so winziger Anhaltspunkt für einen Tatverdacht! Überall forsche ich im Geiste nach Keulen, wie sie sich der Gerichtsarzt vorstellt.

Ich kann auch keine rechtsradikale Szene im Ort erkennen, die nur ein schwaches Motiv haben könnte. Veit war ja nicht politisch tätig und immer sehr gemäßigt. Dass er auf der schwarzen Liste der gewaltbereiten Neonazis – vielleicht aus Nürnberg - stehen könnte, scheint mir viel zu weit hergeholt.

Wie betäubt gehe ich im Schritttempo von Enderndorf auf dem Schwarzfeldweg den Berg wieder hinauf nach Hagsbronn oder Hiefen, wie sie das hübsche Dörfchen im Volksmund nennen. Heute kann ich mich nicht einmal – wie sonst immer– an der herrlichen Hügellandschaft erfreuen. Die kleine Ägidius Kirche, der ich sonst immer meine Aufmerksamkeit schenke, lasse ich rechts liegen. Nicht einmal auf dem elegant geschwungenen Kirchenweg, der wie ein Kreuzgang der Natur von Haselnusssträuchern eingewachsen ist, wird meine Stirn frei. Endlich bin ich vorbei am „Schlössla" und tauche ein in das geliebte Städtchen. Was für eine emotional nahe Heimat, die plötzlich von Mord und Totschlag bedroht ist!

Ich bin froh, als die Zeit soweit fortgeschritten ist, dass ich endlich ins Bräustüble aufbrechen kann. Es ist nicht nur das Treffen mit Franz – auch Hunger auf die guten Spalter Bratwürste macht sich breit. In Gedanken versunken warte ich in unserem Eck, wo ich vor wenigen Tagen fröhlich und unbeschwert mit meinem ermordeten Freund Veit gesessen bin. Die liebenswerte Kellnerin Reni streichelt mir mitfühlend über den Kopf und hat einige Tränen zu verdrücken, als ich den Namen Veit fallen lasse.

Ach ja, da kommt Franz, der sich gleich zu mir setzt, obwohl er fast alle Gäste hier so gut kennt, dass er sie normalerweise mit Handschlag begrüßen würde. Heute ist die Stimmung zu getrübt für gesellige Gesten.

„Du hast immer hier gelebt und hältst Deine klugen Augen sowie Deine hellhörigen Ohren offen. Dazu bist Du aktiv katholisch, sogar im Pfarrgemeinderat und kennst jeden Menschen in Spalt und im Spalter Hügelland. So, das war meine Vorrede, verehrter Herr Franz Joseph Messerer. Was denkst Du über den Mord?"

Franz zeigt sich geknickt und traurig. Auch er betrachtete Veit als Freund – sogar verschwägert waren die Beiden. Er kann es nicht fassen und verzweifelt fast an seiner geliebten Heimat. Er hat nicht den leisesten Verdacht. Vielleicht kommt der Täter gar nicht aus unseren Reihen? Vielleicht aus den Verbindungen Veits zur Universität Erlangen? Ich gebe alle Einzelheiten an ihn weiter, die ich vom Obduktionsbericht erfahren habe. „Was hältst Du von der sehr seltsamen These des Gerichtsarztes, dass als Tatwaffe so was wie eine Herkuleskeule in Frage kommt?" Wir schauen uns gemeinsam das Bild vom Herkulesbrunnen aus dem Wiener Museum an, das ich auch für mich ausgedruckt habe. „Nein", meint er, „damit ist hier bei uns nichts anzufangen. In Spalt gibt es nur den Spalatin, Kirchen und Heilige neben Bier und Hopfen. Von einem Herkules sind wir meilenweit entfernt. Gibt es nicht ein nüchternes Bild von einer Keule, wie sie sich der Gerichtsmediziner vorstellt?"

Ich verspreche, in den Fotodateien meiner Reisen danach zu suchen. Franz fährt fort, laut nachzudenken:

„Lasst uns systematisch vorgehen, um im Geiste der Sache näher zu kommen! Wie war die Situation am Mordabend? Gehen wir die Einzelheiten genau durch. Also, ihr beide verabschiedet euch im Schnellgang bei dem starken Regen. Veit zieht den Kopf ein, schlägt den Kragen hoch und hastet nach 11 Uhr in der Nacht über die Straßen und Gassen um die Nikolauskirche herum heim. Er kommt nur bis zum Spalatin-Denkmal. Der Verfasser einer Biografie und intime Kenner Spalatins! Es klingt wie ein Hohn, wenn er ausgerechnet im Angesicht dieses steinernen Mannes sein Leben lassen muss!"

„Meinst du, dass der Tatort vielleicht auf ein Motiv hinweist?", frage ich Franz. „Die Reformation unter wesentlicher Beteiligung unseres Spalatins fand ja nun schon vor 500 Jahren statt. Es hat lange genug gedauert, bis eine Ökumene die Konfessionen befriedet. Katholisch/ evangelisch sollte heute die Gemüter wirklich nicht mehr erhitzen! Was für schlimme Kriege wurden deswegen geführt - jetzt unvorstellbar! Wenn auch das Thema in Spalt noch nicht ganz erledigt ist, einen Mord kann es wahrlich nicht mehr hervorbringen! Im Auge wollen wir es behalten. In unserer Zeit führen andere Religionen Glaubenskriege – wie die Schiiten gegen Sunniten."

Franz kann es als bekennender Christ einfach nicht lassen, seinen Glauben ins Spiel zu bringen: „Wir sind in unserer Zeit als Christen gefordert, die Moslems als Kriegsflüchtlinge mitmenschlich zu behandeln. Früher hätte man es anders ausgedrückt und den Begriff der Nächstenliebe verwendet." Er spinnt den Faden fort und zitiert Christus, dessen Namen sie für die Bezeichnung der stärksten Partei in unserem Land missbrauchen. „Er hat solche unglaublich tollen Sachen gesagt, wie: das, was ihr einem der Geringsten unter den Menschen Gutes getan habt, das habt ihr mir getan. Heute würde er sagen, was ihr einem der armen Flüchtlinge tut, das tut ihr eurem Christus persönlich. Existentiell bedrohlich erscheint der Islam nur den falsch informierten Deutschen. Angst bewegt nach verunsichernden Reden mancher nomineller Christen die Menschen und Herzen. Populisten kochen ihr Süppchen mit Parolen, wie der Islamisierung des Abendlandes. „Mal was anderes: Stimmt es", fragt Franz, „dass Veit mindestens 6 Halbe Spalter Bier am Mittwochabend getrunken hat?"

„Ja, aber das war für ihn nicht viel. Betrunken war er auf keinen Fall. Selbst bei einem viel höheren Grad von Alkoholisierung erscheint mir ein Sturz mit einer derartigen Kopfverletzung unvorstellbar. Da gibt es keine Ansätze, die uns auf eine Spur bringen könnten", überlege ich. „Natürlich war er etwas unbekümmerter durch den Alkohol, aber auch total nüchtern hätte er den lauernden Täter bei dem wahnsinnigem Regen kaum bemerkt."

Wir überlegen, was sich da zusammengebraut hat: Der Alkohol, der Starkregen und der dadurch verursachte Lärm, sowie das Fehlen von Hut und Schirm und das Gefühl, im sichersten Ort der Welt unterwegs zu sein. Da hat Veit weder nach links noch rechts geschaut und wollte nur die letzten Meter noch rasch heimkommen. Der Täter konnte unbemerkt hinter der durch die Gestaltung des Denkmals geöffneten Kirchhofmauer hervor stürmen. Sicher hatte er die Keule schon hoch erhoben, als er Veit ein paar Meter vorbeigelassen hatte. Mit einem gezielten Schlag drosch er von hinten auf den Ungeschützten ein. Er traf ihn voll am Hinterkopf. Der Schädel brach fast wie ein Ei auseinander, meint der Gerichtsmediziner.

„Der Täter kann kein alter, schwacher oder kranker Mensch gewesen sein", wirft Franz ein. Höchstwahrscheinlich war es auch keine Frau." Franz überlegt weiter: „Es spricht alles dafür, dass er sich genau bei uns im Städtchen auskennt. Er muss den Brauereigasthof überwacht haben. Sicher hat er euch durch das Fenster dort beobachtet." Er deutet auf ein kleines Fenster, aus dem man auf die dunkle Gasse sehen kann. „Von außen ist es leicht, die beleuchtete Wirtsstube zu überblicken. Dem Mörder muss der Regen völlig gleich gewesen sein - vielleicht war er ihm sogar willkommen, um seinen Plan unbemerkt auszuführen! Kein Mensch mehr weit und breit und die Lautstärke des heftigen Regens verschluckt alle anderen Geräusche, die von seiner geplanten Tat ausgehen könnten. Er scheint, alles genau vorbereitet zu haben und zur Tat fest entschlossen gewesen zu sein. Ungewöhnlich lange musste er warten, bis ihr beide endlich das Wirtshaus verlassen habt. Er wird sich gedacht haben: heute oder nie. Und den Prügel oder die Keule konnte er leicht verschwinden lassen- vielleicht sogar gleich zersägen und im Ofen verbrennen. Kaum vorstellbar, dass wir die Waffe noch finden! Es spricht sehr viel dafür, dass es kein Fremder war", bringt Franz seine Überlegungen erneut auf den Punkt. „Aber dann finden wir ihn auch!"

Alle Ideen auf der Suche nach einem etwaigen Verdächtigen lassen uns jedoch im Stich. Jetzt müssen wir ein anderes Thema wählen, sonst kommen wir in eine Sackgasse, oder drehen durch. Trotz der guten Bratwürste und des süffigen Biers schaffen wir es nicht, von den Mordgedanken los zu kommen. Schweigend, wie es bei uns sonst nicht vorkommt, essen und trinken wir." Servus" rufen wir uns beim Abschied nach alter Kumpel-Art zu und sind noch am frühen Abend daheim.

Auf meinem Anrufbeantworter sind gleich vier Versuche gespeichert, mich zu erreichen. Es sind gute Bekannte vom Geschichtsverein, die nachfragen, ob ich etwas erfahren habe. Ein Anruf ist ohne Mitteilung und nur mit der Nummer des Mobiltelefons registriert. Das kann ich schon gar nicht leiden und drücke auf Rückruf. Keine Antwort!

Der Anrufbeantworter speichert an den folgenden Tagen auch ein wüstes und aggressives Hundegebell, wie wenn ich vom Höllenhund Zerberus persönlich angerufen werden würde. Ohne, dass sich jemand meldet, wird aufgelegt. Seltsam! Rückruf – niemand meldet sich. Es ist wieder eine Handynummer, die mich nicht weiterbringt. Es wird mir schon etwas mulmig und unheimlich dabei. Ob sich das noch aufklärt, sinniere ich!

Wie soll ich nur über das Wochenende kommen? Ich bin verzweifelt. Es wird kalt in meinem Turm. Ein Feuer im offenen Kamin und eine ernste Musik könnten mir helfen, denke ich. Ich lege das Deutsche Requiem von Brahms auf. Nur jetzt keine fröhliche Weise! Bald knistert das Holzfeuer im offenen Kamin.

Alkohol vielleicht? Das gehört im Normalfall nicht zu meiner Medizin in schweren Stunden. Rotwein für den alten Knaben - ja, wenigstens ein Viertele genehmige ich mir.

Es wird fast 11 Uhr an diesem tristen Abend mit seinen schwarzen Gedanken. Da höre ich ein etwas zaghaftes Klopfen an meiner Holztür. Jemand an meinem Turm in der Nacht? Ganz und gar ungewöhnlich zu dieser späten Stunde, denke ich mir.

Ich erkenne im spärlichen Lichtschein der Hoflaterne die liebenswerte Kellnerin des Bräustübles, die uns vor kurzer Zeit noch so nett bedient hat. „Reni, du bist es", begrüße ich sie überrascht. Ich weiß jedoch nicht recht, wie ich auf diesen ungeahnten aber sehr willkommenen Besuch reagieren soll. Meine Stimme zittert ein wenig, was ich zu überspielen versuche. "Komm doch die Treppe mit hoch! Kennst du überhaupt das schnuckelige Refugium im oberen Stockwerk? Dort habe ich mir einen offenen Kamin geleistet. Das Feuer brennt schon, um für mich etwas Wärme in die kalte Welt zu bringen. Die Buchenscheite können uns auch beide wärmen, oder? An den runden Wänden des Turms unter den kleinen Fenstern habe ich mit Fell überzogene Polster drapiert – davor quadratische Sandsteinblöcke als Tischchen. Da können wir bequem sitzen und die seelischen Wunden lecken, die der Tod unseres gemeinsamen Freundes Veit gerissen hat. Dort oben ist es warm und duftet angenehm nach brennendem Holz."

Reni kommt aus dem Staunen kaum heraus. Sie war noch nie bei mir und hat sich das Leben im mittelalterlichen Turm ganz und gar nicht gemütlich vorgestellt.

Ich überlege hin und her. Tausend Gedanken gehen mir blitzschnell durch den Kopf. Meine eingefleischte Philosophie als eiserner Junggeselle war doch bis jetzt, nur keine Damenbesuche bei mir! Mir ist klar, wie sehr die Neugierde und die Gerüchteküche der Kleinstadt das Leben zur Hölle machen können. Ich muss da nur an die große Liebe Veits denken, die das Gerede und auch die verbreiteten Lügen nicht mehr ertragen hat. Die geistige Enge seiner geliebten Heimat hat damals vor Jahren das Liebesglück zerstört. Ich treffe mich zu Liebesfreuden mit meiner Freundin, einer wunderbaren Vietnamesin, die mir aus den Reiseleiterzeiten geblieben ist, lieber auf neutralem Boden. Sie ist mit einem älteren belgischen Arzt verheiratet, der ihr große Freiheiten gewährt. So oft wie nur möglich – und das ist leider selten genug - kommen wir zusammen. Wenn es geht, in einem Wellnesshotel nach einem meiner Einsätze als Leichenredner. Einmal nur war sie hier im Turm, aber da waren wir so vorsichtig, wie ich das einst als Student im Wohnheim gelernt hatte. Damenbesuch war in den vergangenen Zeiten streng untersagt und hätte bei Entdecken den Rauswurf aus dem Heim zur Folge gehabt.

Heute herrscht Ausnahmezustand bei mir. Ich fühle mich hundeelend und bin verzweifelt. Reni erscheint mir wie meine Rettung. Sie hat mir schon lange ihre Zuneigung gezeigt. Vielleicht sogar etwas mehr? Kaum auf den Polstern niedergelassen, beginnt sie mit Erklärungen, weil auch sie verunsichert ist. An ihrer verkrampften Haltung sehe ich deutlich, dass sie sich unwohl fühlt. Kein Wunder, sie kommt ja zu mir heimlich in den Turm, und das ist das erste Mal! Es sieht wie eine Einladung zu einer Liebesnacht aus, denn sie ist offensichtlich eine auf diesem Gebiet erfahrene und freizügige Frau. Ich kann den Gedanken daran nicht verdrängen. Schon öfter habe ich mich innerlich damit beschäftigt, mich an sie heranzumachen. Sie gefällt mir sehr. Ihre natürliche und fröhliche Wesensart zieht mich gewaltig an. Dazu besitzt sie eine starke sinnliche Ausstrahlung. Sie ist zwar deutlich jünger als ich, aber kein junges Mädchen mehr. Eher betrachte ich sie als eine reife Frau in ihren besten Jahren. Viel sprach und spricht allerdings gegen eine Annäherung an sie: Ich weiß von ihrer Partnerschaft und kenne vom Sehen den etwas bullig aussehenden Mann, der sie oft im Bräustüble abholt. Mir ist aus Renis Erzählungen bekannt, dass er sehr eifersüchtig ist und auch gewaltgeneigt sein kann. Er ist jünger als ich und mir körperlich weit überlegen. Und letztlich geht es gegen meine ehernen Grundsätze, keine enge Bindungen im weiteren Umfeld einzugehen. Wenn ich Reni heute Abend in Liebe näherkomme, bringt das vielleicht mein fein abgestimmtes Dasein im Städtchen aus den Fugen. So geht es mir wild bewegt durch alle Sinne.

„Weißt du, Schorsch, ich lebe schon seit Wochen von meinem Freund getrennt und habe es nach dem letzten Gast im Bräustüble einfach nicht übers Herz gebracht, in meine einsame und kalte Wohnung zu fahren. Mein Exfreund war wahnsinnig eifersüchtig. Ich konnte das nicht mehr verknusen, obwohl er sonst der liebste Mensch von der ganzen Welt ist. Wenn er noch mit mir zusammen wäre, wärst du in Gefahr. Gott sei Dank kann ich wieder frei sein, denn Freiheit war schon immer mein Lebenselixier. Eifersucht ist nicht nur Dummheit- sie tut auch richtig weh – und zwar beiden und vielleicht auch einem Dritten. Ein wenig dauert er mich schon, denn er hat viele gute Seiten. Er leidet wie ein Hund und versucht es immer wieder bei mir. Lassen wir das!

Schorsch, bist du mir etwa böse, dass ich dich so überfalle?"

„Wie könnte ich böse sein? Bin ich doch völlig durch den Wind und weiß gar nicht, wie es weitergehen soll. Versuchen wir es einfach gemeinsam in dieser schweren Zeit nach der unvorstellbar traurigen Geschichte mit Veit! Wir trinken jetzt miteinander ein Glas vom guten Rotwein. Dabei reden wir und weinen vielleicht auch in Trauer vereint, wenn wir in die Flammen des offenen Kamins sehen und an Veit denken."

Sie wendet schnell noch ein, dass sie diese „furchtbare Musik" nicht aushalten könne. Ich frage nach ihrem Musikwunsch und höre den Namen Harry Belafonte. Als ich ein zweites Glas bringe, ertönt schon die weiche und einschmeichelnde Stimme des großen Sängers. Brahms würde jetzt auch für mich zu viel Wucht befördern und das tiefe Rumoren in den Bässen passt auf einmal nicht mehr als Begleitmusik in erotisch und emotional aufgeladener Stimmung mit einer begehrten Frau.

Allmählich löst sich unsere beiderseitige Verspannung. Die Wärme des Feuers, die Musik und die Stimmung im runden Turm, dazu der gute Wein. Sie tuen ihre Wirkung. Wir können wirklich miteinander weinen und rücken dabei unwillkürlich und ganz natürlich etwas näher zusammen. Wenn wir uns langsam bei dem wärmenden Feuer freier machen, ist dies schon mit etwas Prickeln und erotischem Knistern verbunden. Noch ist nicht klar, ob alle Hüllen fallen werden und wir ineinander in Liebe versinken.

„Eine zweite Flasche von dem guten Barolo hätte ich noch," bringe ich halb fragend vor - etwas unsicher, weil ich nach der ersten Flasche den Alkohol bereits ganz schön spüre. Sie merkt es und hilft mir aus der Bedrängnis mit einem befreienden Lachen. „Vielleicht doch – du kannst ja den Rest der zweiten Flasche morgen noch genießen," meint sie. Mit wenigen Handgriffen zaubere ich aus den Polstern eine „Liegewiese". Das flackernde Licht und die Temperatur neben dem Feuerplatz könnten nicht heimeliger sein.

Reni ergreift die erotische Initiative und fordert den ersten sexuell befreienden Kuss. Sie zeigt sich als eine tolle Frau, die es weiß, sinnliche Liebe zu leben und zu genießen. Jetzt fallen auch noch die letzten Klamotten. Ich sehe ihren wunderschönen Körper mit den weichen Konturen im Feuerschein der neu aufgelegten brennenden Scheite. Sie ist ja viel schöner, als ich gedacht hatte. Ihre Haare, ihre Lippen, die lachenden Augen und natürlich die Kurven und Formen sind ungemein anziehend. Die Brüste kompakt und die Beine wohlgeformt – ein Weib, wie im Traum! Als Musik habe ich von ihr zunächst unbemerkt mit der Fernbedienung eine meiner Lieblings-CDs aufgelegt: das Klarinettenkonzert in A-Dur von Mozart. Renis favorisierte Musik ist es ja nicht gerade, aber sie lässt mich gewähren. Ich bewundere sie noch mehr, als sie beginnt, offen über ihre sexuellen Bedürfnisse zu sprechen: „Du bist kein junger Stier mehr," flüstert sie mir ins Ohr, „und ich liebe es mit viel Zeit. An Verhütung musst du nicht denken."

Sie will es ganz langsam. Das Vorspiel ist beglückend. Ich gestalte es mit ihrer kräftigen Unterstützung einfallsreich und aufregend. Sie weiß, was uns beiden richtig guttut. Alle Fremdheit zwischen uns scheint wie weggeblasen. Beim langsamen Satz des Klarinettenkonzerts möchte sie mich bei allen möglichen Stellungen ohne viel Bewegung spüren. Sie schwelgt in der Lust und raunt mir zu: „noch nicht, warte!" Das Adagio bringt fast überirdische Stimmung in unser Liebesnest im Turm. Endlich setzt sie beim dritten Satz, dem Allegro, zu einem vollendeten Liebesritt an. Unser Stöhnen und unsere erregten Stimmen stören die Harmonie Mozarts nur geringfügig. Besser wäre nach meinem Geschmack jetzt der Walküren-Ritt von Richard Wagner. Die beglückende Vereinigung unserer Körper und Seelen wird für mich ein völlig unerwartetes Erlebnis. Ein großes Glück der Sinnlichkeit mit dieser weichen und erotischen Frau! Wir sind nicht übereinander hergefallen, wie das in jüngeren Jahren oft der Fall war. Wir sind auch in der Sinnlichkeit reif geworden. Erst das vollendete Allegro von Mozart bringt uns zum gemeinsamen „Petit mort", dem kleinen Tod, wie die Franzosen den Höhepunkt nennen. Nach einiger Zeit schlage ich dann doch den Umzug in das Bett vor, um zu neuen Kräften und Taten zu gelangen. Wir steigen die enge Treppe hinunter, wo ich im kleinen Anbau an den Turm einen winzigen ehemaligen Abstellraum mit einem kleinen Fensterchen zum Schlafzimmer umgestaltet habe. Es ist nur ein Alkoven mit einem großen Bett von zwei mal zwei Metern, mit einem Hängeregal für den Lesestoff und einem kleinen kombinierten Radiogerät. Auf die Beleuchtung habe ich bei der Ausstattung besonderen Wert gelegt. Es wird nun eine CD mit französischen Chansons aufgelegt, um die Geduld Renis nicht zu sehr mit klassischer Musik zu strapazieren Wir liegen uns in den Armen, bis Lust und Kraft zurückkehren. Ein Glücksgefühl ohnegleichen – volles Leben so nahe am Tod Veits! Der Augenblick ist Ewigkeit, geht mir frei nach Goethe durch den Kopf. Beim ersten Hahnenschrei steht sie unvermittelt auf, küsst mich noch kurz und verlässt den Turm ganz leise. Ich schlafe noch drei Stunden tief und fest. Die Glocken der Kirche Sankt Emmeram wecken mich nach Spalter Art. Es ist Sonntag. Im Städtchen ist es total ruhig, bis die ersten Tagestouristen hereinrollen. Wie soll ich den Tag nur überstehen, ohne wieder in das tiefe Loch der Verzweiflung zu stürzen?

Der sonnige Herbst meldet sich zurück. Das reizt mich, aufs Rennrad zu steigen, um eine meiner Lieblings- Strecken durchs schöne Frankenland unter die Räder zu nehmen - leider ohne ihn! Im romantischen und lieblichen Rezarttal geht es vorbei an dem feinen Gasthof Blumenthal, den ich bei meiner Rückfahrt noch aufsuchen will, bis Wassermungenau. Über die Dörfer –

weiter an der Fränkischen Rezart radelnd, fahre ich bis Windsbach. Ich besuche die alte Kapelle Gottesruh, wo ich etwas meditiere oder es wenigstens versuche. Das gotische Kirchlein hat vor 500 Jahren ein Windsbacher Amtmann nach einer Pilgerfahrt ins Heilige Land gestiftet. Gottesruh hat er sie nach der Grabeskirche in Jerusalem genannt, wohl auch etwas aus Angabe, um allen zu zeigen, welch tolle Pilgerfahrt er hinter sich gebracht hat. Die Wallfahrt nach Palästina war damals extrem gefährlich und auch sehr teuer.

Die Bewegung, der Besuch der uralten, völlig einsamen Kirche, die ganz mit Fresken ausgemalt ist, die Einkehr im Gasthof Blumenthal, die Herbstfärbung und die Blicke in die Weite des Spalter Hügellandes– alles tut mir gut. Der gestrige Abend geht mir dabei mit gemischten Gefühlen durch den Kopf– vorwiegend aber doch mit Schmetterlingen im Bauch. Es war wirklich fabelhaft mit der schönen Reni und hat mir geholfen, nicht am Leben zu verzweifeln. Auf keinen Fall darf jedoch daraus eine anhaltende Liebesbeziehung werden! Sonst wäre mein Dasein hier sehr belastet und ich könnte mein freies und heiß geliebtes Einsiedlerleben im Turm der Romantik nicht so weiterführen. Vielleicht geht es nach dem Mord sowieso nicht mehr! Ein Verweigern der Fortführung der Liebesbeziehung von meiner Seite aus wäre sicher eine Verletzung ihrer Gefühle? Das könnte unter vielen anderen Verwerfungen den Verlust des unbeschwerten Zugangs zu meiner Stammkneipe nach sich ziehen. Ein weiteres Desaster! Muss ich etwa meinen Traum von der Geborgenheit und mein Leben hier aufgeben und wieder in der Großstadt leben? Wir werden sehen, denke ich zuversichtlich.

Am Montag muss wieder Bewegung in die Ermittlungen kommen. Wahrscheinlich soll am Freitag die Beerdigung meines brutal ermordeten Freundes im Spalter Friedhof stattfinden. Neun Tage nach dem schauderhaften Geschehen. Wenn wir dann doch auch schon mehr über den Täter wüssten!

Die neue Woche beginnt ohne jede Fröhlichkeit. Alles ist grau und trist. Nach Frühstück und Zeitungsstudium besuche ich Franz Joseph Messerer. Er hat auch noch nichts erfahren, was uns weiterhelfen könnte. Seinen klugen Kopf zerbrach er sich fast. Er konnte kaum schlafen und musste nur an die Tat denken. Er hatte nicht meine Glücksgefühle einer Liebesnacht - mitten in all dem Leid. Natürlich schweige ich dezent. Meine Seele springt hin und her zwischen „Reu und Freu". Wem das Herz voll ist, des geht der Mund über, sagt das Sprichwort. Nicht für mich in meiner seltsam gemischten Psyche – und schon gar nicht für mich als Kavalier, der genießt und schweigt.

Am Nachmittag sieht man wieder den Kommissar in Spalt. Ich warte auch auf seinen Besuch. Jetzt ist jedoch erst mal die Nachbarschaft Veits dran, die es zu befragen gilt

Kein Mitbürger hilft ihm auch nur ein Stückchen weiter. Das Bild des keulenschwingenden Herkules, welches der Beamte mit wenig eigener Überzeugung den ersten Beiden zeigt, stößt auf Unverständnis. Weg damit! denkt er sich verärgert. Er lässt das Foto schnell verschwinden und ist wutentbrannt, weil er mir, dem schrulligen Mann aus einer antiquierten Welt der Bildung, auf den Leim gegangen ist, wie er meint. Herkules in Spalt kommt ihm jetzt wie ein Witz vor, mit dem ihn jemand reinlegen wollte oder ein Vorgang wie bei „Vorsicht Kamera". Der Kommissar will sich ja nicht lächerlich machen. Wie konnte nur der Gerichtsarzt einen derart seltsamen Hinweis am Ende seines Gutachtens geben? Zu viel Liebe zur Geschichte und noch dazu ein veraltetes Bildungsideal – wohl auch bei ihm – das spielt hier zusammen, so argwöhnt er. Ausgerechnet in dem kleinen Spalt soll die Tatwaffe etwas mit der griechischen Sagenwelt vor über zweitausend Jahren zu tun haben! Bleib auf dem Boden, ermahnt er sich selbst!

Ich kann ihn sogar verstehen, weil wir auch schon über das unpassende Bild gesprochen haben. Nach einigem Suchen finde ich in meinen Fotodateien ein anderes Bild mit einer Keule. Es stammt allerdings auch wieder aus der antiken Welt der Griechen und Römer, entbehrt jedoch der Theatralik.

*Diese locker gehaltene Keule stammt aus dem Museum von Ephesus*

Ich treffe den Kommissar vor der Metzgerei in der Hauptstraße. Er hat gerade keine Fragen an mich. Ich merke deutlich, dass er mich schnell loshaben will. Weg aus altmodischen Gedankenwelt! Beiläufig möchte ich ihm doch noch den Ausdruck des Fotos der neuen Keule geben. Sehr, sehr skeptisch nimmt er das Foto an sich. Er murmelt, dass es Quatsch, aber immer noch besser sei als das erste unsinnige Bild.

Heute, am Montag, hat das Bräustüble Ruhetag. Ich hätte so gerne Reni gesehen. Die Vorsicht gebietet mir, sie weder aufzusuchen noch anzurufen. Lass es laufen, wie es sich entwickelt, denke ich mir. Ich kann einfach keinen klaren Gedanken fassen. Das Liebesglück sollte doch nach Möglichkeit kein „one nightstand" bleiben! Und doch, wenn ich meinen Intellekt bemühe! Trotzdem regt sich in mir eine schwer stillbare Sehnsucht. Der Mord funkt dazu mächtig in meine Hirnwindungen hinein. Alles verwirrt mich fast unerträglich.

Den Abend über bleibe ich im Turm. Erst einmal schreibe ich in mein Tagebuch, das ich seit der Mordnacht vernachlässigt habe. Alle Einzelheiten sind mir noch geläufig. Die Woche war extrem intensiv und eine gefühlte Zeit von Monaten. Ein wenig Ordnung bringt das Schreiben des Tagebuchs - wie immer - in die Gedanken. Das ist besonders wichtig - jetzt in den schweren Zeiten.

Ich rufe Anni an und frage, ob sie meine Hilfe oder auch nur meinen Besuch wolle. Sie erzählt von dem engen Zusammenrücken mit Veits Töchtern, die von ihren Studienorten angereist seien. Gemeinsam würden sie die Vorbereitungen zur Beerdigung am Freitag schaffen.

Das Buch, das ich gerade lese, liegt unberührt im Regal über meinem Bett. Lass es mich versuchen, endlich wieder weiter zu lesen! Es klappt nicht. Wenn doch Reni anrufen würde! Das Telefon bleibt still und Besucher klopfen auch nicht an die alte Türe des Turms.

Die Nacht zum Dienstag wird erneut unruhig. Ich freue mich auf den Morgen, um wenigstens etwas tun zu können.

Mit dem Frühsport sieht es nicht gut aus. Meine morgendliche Laufstrecke den Kirchenweg hinauf, durch Hagsbronn und den

Treppenweg am Ende des schönen kleinen Dorfes wieder hinunter nach Spalt fällt mir so schwer wie noch nie. Die Läden schließen im Städtchen pünktlich zur Mittagspause um 12.30 Uhr. Schnell noch zum Metzger und Bäcker.

Bis zur Beerdigung am Freitag gibt es wenig neue Hinweise. Sie sind so unbestimmt, dass wir es nicht wagen, den Kommissar davon zu informieren. Mit Franz Josef treffe ich mich täglich. Der Kommissar ruft ab und zu an und bekommt immer dieselbe Antwort: nichts Neues. Er kann bei den Spalter Geldinstituten nicht sicher herausfinden, ob Veit vielleicht über größere Summen Bargeld verfügte und möglicher Weise auch viel Geld dabeihatte, als er ermordet wurde. Die Möglichkeit eines etwaigen Raubmordes bleibt offen.

Franz berichtet von einer sehr fraglichen und eher trüben Quelle, die angeblich etwas mehr weiß. Es ist die Luis, die ihn gestern aufgesucht hat. Vornehmere Mitbürger bezeichnen sie nicht als dick, sondern als stark, obwohl Kraft sicher nicht ihre „Stärke" ist. Weniger freundliche, meist männliche Mitbürger nennen sie „braatorschert" (hochdeutsch etwas wie breitarschig), was sich auf die Rückansicht bezieht. Sie hat den schlechten Ruf einer „Raatschkathel", bei der Sensation vor Wahrheit geht. Ihre Rolle bei der großen und unglücklichen Liebesgeschichte Veits mit der ehemaligen Frau Emil Besenbecks war äußerst zwielichtig. Mit Gerüchten vergiftete sie damals die schon ohne Erfindungen verfahrene Situation. Jahrelang arbeitete sie nach dem spektakulären Weggang seiner Frau als Haushälterin bei Besenbeck, bis er sie aus seiner Sicht hinauswarf. Ihre eigene Version klingt ganz anders. Danach konnte sie seine sexuellen Belästigungen nicht mehr länger hinnehmen. Emil Besenbeck wurde, nachdem auch noch die Luis wegblieb, immer komischer und zog sich, wie ein wundgeschossenes Tier in sein unzugängliches Grundstück zurück.

Mit Franz Josef komme ich überein, dass wir erst nach der Beerdigung Veits die Luis befragen. Den Kommissar wollen wir nur einschalten, wenn etwas mehr dran ist. Durch die, in seinen Augen unzeitgemäße Keulengeschichte hat sich das Verhältnis mein zu ihm deutlich eingetrübt.

Renis Verhalten zu mir hat sich verändert. Natürlich sehe ich sie im Bräustüble fast jeden Tag. Sie ist nett und freundlich zu mir, vermeidet aber jede Art von Intimität. Nach dem, was wir in der beglückenden Liebesnacht erlebt haben, erscheint mir dies ungewöhnlich. Manchmal berührt sie mich im Vorbeigehen mehr kameradschaftlich. Kein Wort wird über unsere erlebte Lust gewechselt. Ich bin darüber froh und unglücklich zugleich. Bahnt sich vielleicht doch ein möglicher Ausweg aus der ganzen Problematik an? Es geht um mein Verbleiben in Spalt. Es wird immer wahrscheinlicher, dass ich auf meiner Wanderung durch das Leben doch noch einmal aufbreche.

Etwas scheu, wie es nicht gerade nicht ihre Art ist, teilt mir Reni zwischen Tür und Angel, wie beiläufig, mit, dass sie etwas vergessen habe: Am Montagabend vor der Bluttat, ihrem Ruhetag, sei sie bei Veit zu einem Abendessen eingeladen gewesen. Sie fügt schnell hinzu, dass es nicht beim Essen geblieben sei. Was soll ich mit dieser Nachricht anfangen, frage ich mich. Will sie mir klarmachen, dass sie sich ohne Freund völlig frei fühle. Sie will mir vielleicht sagen, dass sie gerne überall aus den süßen Töpfchen der Liebe nascht. Bei mir war das alles nicht so bedeutend für sie? Ich denke auch darüber nach, ob es auf eine Ermittlungsspur führen könnte. Ein ungutes Gefühl, das man Eifersucht nennen könnte, macht mir ihre Mitteilung in keiner Weise. Ich vergönne es den Beiden von Herzen, Liebe und Lebensfreude gehabt zu haben – besonders meinem Freund Veit noch einmal kurz vor seinem jähen Tod. Mir geht trotzdem manches durch den Kopf. Ich wusste natürlich von einem früheren Liebesverhältnis der Beiden, wollte jedoch aus Widerwillen von dem Tratsch nichts Genaueres darüber erfahren. In einer so kleinen Stadt kann man dem Gerede über begehrte sexuelle Themen gar nicht so leicht entgehen. Warum hat sie das mit dem Besuch bei Veit bis jetzt verschwiegen? vergessen? Na gut, Veit war seit Wochen Strohwitwer. Seiner Frau hat er von der Abendeinladung Renis sicher nichts gesagt und hätte es auch nicht tun sollen. Also war deshalb Heimlichkeit angesagt bei der ganzen Geschichte. Vielleicht meinte Reni nach einigem Nachdenken, dass es doch besser sei, wenn ich davon nicht aus anderen Quellen erfahren würde. Sie ist sich wohl nicht sicher, unbeobachtet geblieben zu sein, als sie in das alte Hopfenhaus der Wiesingers schlüpfte. Wenn ich an Anni und das Eheglück der Beiden denke, wird es mir doch etwas anders. Veit ließ sich einfach nicht in enge Bahnen zwingen. Ich kannte ihn auch in dieser Richtung gut, nach allem, was ich mit ihm erlebt hatte. Und doch blieb er mir nicht ganz durchsichtig auf diesem Gebiet.

„Was solls", denke ich mir. Nur keine falschen Schlüsse jetzt. Lasst uns den Freitag und die Beerdigung Veits abwarten! Da muss ich trotz der zu erwartenden Tränen meine Augen weit offenhalten, um keine mögliche Spur zu übersehen. Außerdem gibt es eine sich anschließende Trauerfeier mit Reden im Gedenken an den Ermordeten. Im Namen des Geschichtsvereins soll auch ich etwas Gescheites und Nachdenkliches sagen.

Der Andrang am Spalter Friedhof schlägt jeden Rekord. Es scheint, dass kein Mitbürger daheim geblieben ist. Parken am Großparkplatz Kornhaus ausgebucht. Fußmärsche von mindestens 20 Minuten zum Friedhof müssen in Kauf genommen werden. Von den Universitäten Erlangen und Eichstätt kommen Dutzende von Studenten mit ihren Professoren. Nach dem Begräbnisritual drängt die große Trauergemeinde in die Emmeram-Kirche, wo verschiedene Redner den Verstorbenen würdigen. Froh, wenigstens noch einen Stehplatz bei dem Massenandrang ergattert zu haben, lauscht man den Reden. Alle

Medien von der regionalen Presse bis zum Bayerischen Fernsehen sind dabei. Der Spalter Bürgermeister beginnt. Er macht eine gute Figur. Zunächst spricht er von seinem Dank gegenüber dem bedeutenden Bürger der Stadt und für die Aufwertung, die er seiner Heimat gebracht hat. Wichtig erscheint mir, dass er auch das brisante Flüchtlingsthema anspricht und Veits besonnene Einstellung dazu, die zu einer großen Hilfsbereitschaft im Ort beigetragen habe. Von der Horrorvision, die von dem unseligen Begriff Wiesinger-Moschee ausgeht, spricht er kein Sterbenswort. Dieses Schlagwort schwebt, wenn auch unerwähnt, über den Einheimischen und schwingt immer mit. Das foto- und telegene Stadtoberhaupt gibt das Mikrofon weiter an die Würdenträger der Region, Bayerns und der Universitäten. Bei den meist interessanten Reden hört man immer wieder den Namen Spalatin und Veits Verdienste, diesen großen Sohn der Stadt aus der Versenkung ins Licht gerückt zu haben.

Schließlich bin ich, als der Vertreter des Geschichtsvereins, dran. Ich habe mir vorgenommen, nicht nur zu reden, sondern auch etwas zu sagen. Ohne lange Vorreden springe ich in medias res:

„Die Flüchtlingsfrage war für Veit in seinen letzten Monaten ein alles beherrschende Thema. Er hatte einen Aufkleber „Refugees welcome" an seinem Auto angebracht. Wenige Tage vor seinem gewaltsamen Tod kam er zu mir und erklärte, den Aufkleber wieder zu entfernen. Er habe nachgedacht. Es gehe ein falsches Signal von diesem Schlagwort aus. Viele Millionen von Not und Tod Bedrängte in der ganzen Welt könnten es als Einladung verstehen. Es ist nicht auszuschließen, dass sie es irriger Weise so interpretieren, als wünschten wir sie uns herbei. Ebenso verhielte es sich, wenn er seinen geliebten Töchtern sagen würde: schön, wenn ihr jetzt schwanger werden würdet. Mitten im Studium und ohne festen Partner, mit dem sie vernünftiger Weise eine Familie planen könnten. „Grandchildren welcome" wäre falsch. Im Fall, dass eine seiner Töchter zu ihm käme und in Tränen aufgelöst von einer ungewollten Schwangerschaft erzählen würde, gäbe es nur eine richtige Reaktion, sie in den Arm zu nehmen und sie mit den Worten zu trösten: Wir schaffen das gemeinsam. Und so fände er es auch richtig, den vor der Türe stehenden Flüchtlingen nicht die kalte Schulter zu zeigen."

Ich kann mir es nicht verkneifen, auf den Begriff Wiesinger Moschee einzugehen, der seit einiger Zeit – oft unter vorgehaltener Hand- herumgeistert. Die Vorstellung, dass die beliebte Spalter Nikolauskirche in eine Moschee umgewandelt werden könnte, ist keinem willkommen. Veit hat diesen Gedanken weder gefördert noch propagiert. Im Gegenteil: Vernunft und Mäßigkeit stand auf seiner Fahne! Er hat ein Leben lang dafür gekämpft, die Welt ein klein wenig angstfreier, lebenswerter und menschlicher zu machen. Mein Punkt ist, dass das Wort Wiesinger-Moschee zunächst harmlos klingt, aber die tiefsten Ängste der Bevölkerung trifft und fördert. Im Grunde ist der Begriff nichts anderes als die Übersetzung des populistischen Warnrufes von der Islamisierung des Abendlandes in Spalter Verhältnisse. Auf einmal kann sich jeder Bürger etwas Konkretes vorstellen. Das fördert reale Angstfantasien. Und das kann gefährlich werden und sogar tödlich ausgehen.

Anni und Veits Töchter sind aufgelöst in Tränen und verzichten auf Beileidsbekundungen. Der Kommissar wird bei meiner kurzen Rede doch etwas hellhöriger. Tödlich – ja diese Spur könnte vielleicht doch zur Aufdeckung des tödlichen Geschehens führen. Nur wie und wo? Angst ist ein innerer Vorgang, der sich nicht so leicht außen zeigt. Er erinnert sich, dass der Begriff der Wiesinger-Moschee bei einer Dienstag-Diskussion in Bräustüble im Feuer des Wortgefechtes entstanden ist. Mein Bericht war doch der Auslöser, sich über meine weltfremden

Fantasien zu empören. Er schwankt hin und her. Ja, was ist eigentlich mit der Namensliste der Stammtischbeteiligten des Abends, um die er die Bedienung gebeten hat? Da könnte der dunkle Weg der Aufklärung vielleicht entgegen seiner Erwartungen doch weitergehen, wenn wohl auch in mühevoller Kleinarbeit?

Ich schwanke während der Beerdigung zwischen Niedergeschlagenheit und hellwachen Sinnen hin und her. Der Täter ist sicher unter den Trauernden, denke ich mir. Wird er sich durch ungewöhnliches Verhalten verraten? Natürlich beobachtet auch der Kommissar mit seiner kleinen, mitgekommenen Mannschaft alles ganz genau. Sie versuchen im Anschluss an die Feierlichkeiten bei den zusammenstehenden Grüppchen Verdachtsmomente einzufangen. Alles vergeblich! Der Beamte, Herr Bauernfeind, muss feststellen, noch keinen Millimeter weitergekommen zu sein. Also zur Reni und die Liste anmahnen. Ein sehr mageres Ergebnis der bisherigen Bemühungen! Es ist nicht so, dass der Kommissar in der Sache nachlässig wäre. Er findet einfach keinen Zugang und fühlt sich bei den ländlichen Umständen in einer fernen Welt, die doch so nah ist.

Wir versuchen es auf unsere Weise. Jetzt brauche ich erst einmal dringend meinen Freund und Verbündeten Franz Joseph. „Hast du die Gerüchteköchin Luis gesehen? Sie ist so neugierig, dass ihr sicher noch weniger entgeht als uns und sie dichtet dann dazu, was sie als Sensation weitergeben kann". Tatsächlich kommt sie schon bald wichtigtuerisch aus der Kirche auf uns zu. Franz spricht sie an und fragt, ob wir sie zu einem Stück Sahnetorte mit Kaffee einladen dürfen, damit sie loswerden kann, was sie angedeutet hat. Sie strahlt. Das Zauberwort: Sahnetorte scheint sie sofort in ein inneres Tortenglück zu versetzen. In der Alten Backstube ist der richtige intime Platz für uns und ihre Geheimnisse.

Sie schießt los mit ihren Beobachtungen, die sie während der Beerdigung gemacht, oder was sie sich auch nur eingebildet hat:

„Habt ihr den Matthse gesehen? Er hat gezuckt und ist hin- und her gerutscht. Mir kam er verdächtig vor. Der hat doch was zu verbergen!"

Wir wenden ein, dass er doch total lieb und friedfertig sei. Er habe es schon lange mit dem Magen zu tun und kann nicht ruhig sitzen. Das weiß man im Städtchen. Luis überzeugt das nicht im Geringsten.

„Du hast doch in der letzten Woche etwas von Morddrohungen eines gehörnten Ehemannes angedeutet. War das die alte Geschichte mit Emil Besenbeck?"

„Ja, da muss ich weiter ausholen. Ihr wisst doch noch, dass der Veit es mit der Besenbeckin getrieben hat." „Luis, bitte sprich nicht so despektierlich und böse von ihm und denk daran, dass der Veit gerade erst beerdigt wurde und unser bester Freund war!" Sie pumpt wie ein Maikäfer und fährt wichtigtuerisch fort:

„Also gut, es war ein verbotenes Liebesverhältnis und ich habe alles genau beobachtet. Die Beiden waren ja so dreist, dass sich sogar unser Hochwürden eingeschaltet hat. Eine Schande war das! Der Besenbeck hat seine schöne Frau geliebt wie ein Verrückter. Er hat sie auch verwöhnt. Sogar einen Sportwagen hat er ihr gekauft. Naja, er soll sie auch ein wenig eingesperrt haben. Jedenfalls war er total fertig, als sie heimlich aus seinem verrammelten Haus ausgestiegen ist und auf einmal ganz weg war. Wer steckte dahinter? Ja, es war niemand anderes, als der Veit! Emil war so verzweifelt, dass er seine Villa in Spalt verkauft und sich das einsamste Gehöft der ganzen Welt im Wald bei Pleinfeld gesucht hat. Mir war er sehr dankbar, weil ich mit dem

Hochwürden für die Moral kämpfe. Als Gesellschafterin stellte er mich ein, gezahlt hat er dafür auch nicht schlecht. Ich sag euch jetzt was im Vertrauen, damit ihr seht, was das für einer ist: Er war oft sehr aufdringlich und machte mich sexuell an. Am Liebsten war es ihm, wenn er sich von hinten an mich heranschleichen konnte. Dann packte er mich und wollte mich gleich von hinten nehmen. Ganz schöne Summen hat er mir dafür angeboten. Da muss er sich eine andere suchen! Ich bin eine Frau von Prinzipien. Ihr wisst, was ich für einen Ruf als ordentliche und anständige Frau in der Stadt zu verlieren hätte. Mehr brauche ich dazu nicht zu sagen. Jedenfalls jammerte er mir bei jeder Gelegenheit die Ohren voll, dass der Veit sein Leben zerstört hat, weil er ihm die Frau weggenommen habe. Oft bekam er so etwas wie einen Wutanfall, wälzte sich am Boden und schrie wie ein Gestörter: den Wiesinger bring ich um.

Als er sich dann auch noch zwei scharfe Dobermänner zulegte, wurde mir die Sache zu viel und ich ging freiwillig von dem Bescheuerten weg, der mir viel zu pervers war. Ich hätte ja um mein Leben fürchten müssen! Ja, das war vor etwa fünf Jahren."

„Wolltest du nicht noch eine andere Beobachtung loswerden, liebe Luis?", flötet nun Franz etwas scheinheilig.

„Ja ihr wisst doch, dass ich für Anstand und Moral kämpfe." „Du wiederholst dich", meint Franz nun nicht mehr so freundlich, weil er über ihre Borniertheit verärgert ist. Sie fährt unvermindert giftig fort:

„Der Veit war mir von früher als einer der größten Frauenhelden der Stadt bekannt und er blieb mir verdächtig, wenn er uns auch in den letzten Jahren vorspielte, mit der Anni gut verheiratet zu sein. Da hieß es: Luis pass auf! Die Anni ist auf Kur und der Veit Strohwitwer. Da könnte es wieder losgehen mit seinen Weibergeschichten."

„Und was hat dein wachsames Auge des Anstandes entdeckt?"

„Viel mehr, als erwartet! Das sag ich euch! Es war der Montagabend vor dem Mord. Das Bräustüble hatte Ruhetag und Veit zeigte Licht in seiner Küche. Ich also in Habachtstellung in der Nähe. Und tatsächlich sehe ich das Auto der Reni um die Ecke biegen. Vergessen konnte ich die unanständige Liebesgeschichte der Beiden vor einigen Jahren nie. Das war ja schamlos, wie die sich benahmen! Aus meinem Versteck kann ich beobachten, wie die Reni, vorsichtig um sich blickend, beim Veit läutet und heimlich eingelassen wird. Nachtigall, ich hör Dir trappsen, denk ich bei mir und warte in meinem dunklen Winkel trotz der Kälte, die mir in die Glieder fährt. Jetzt bin ich aber gespannt, wann wohl das Licht im Schlafzimmer – wohlgemerkt seinem Eheschlafzimmer – angeht. O ihr schlimmen Männer! Zwischen den Beiden kann ich mir die wildeste Liebe vorstellen – gewiss mit Perversität schlimmster Sorte! Da entdecke ich, dass noch jemand das Haus überwacht, unruhig hin und her geht und zu den Fenstern hinaufschaut. Ich weiß schon, ihr wollt jetzt wissen, wer das war. Ich erkannte ihn leider nicht, er hatte seinen Mantelkragen hochgeschlagen Es war ein großer, bulliger Kerl. Ich glaub nicht, dass es ein Spalter war. Es schlug schon Zwei von dem Turm der Emmeram-Kirche. Ich war wie tiefgefroren und musste meinen Beobachtungsplatz verlassen. Jetzt war klar, dass Reni und Veit die Nacht im Liebeswahn und Ehebruch verbringen. Ich konnte meine Stellung aufgeben. Es würde vielleicht noch Stunden dauern – sie in den Armen des alten Lüstlings und ich dem Erfrierungstod nahe. Ich bin mir sicher, dass da ein Pornofilm in Natur abgelaufen ist. Und ich, die Luis, weiß sehr wohl, was die da so tun. Ich hätte am liebsten noch ausgehalten bis zum Morgen, das sage ich euch! Gerne hätte ich die Reni heimlich aus dem Haus ihrer Lust schleichen sehen. Und ich: Erst nach einer Stunde in der heißen Badewanne war ich gerettet."

Sie beendet ihre Sahnetorte und trinkt den dazu spendierten Kaffee aus. Wir wechseln noch belanglose Worte über den geplanten Kreisverkehr und die Besucher aus der Partnerstadt St. Cloud, die der Veit jetzt nicht mehr betreuen kann und entlassen die Luis auf ihrem „Weg der Tugend" zur weiteren Beobachtung ihrer Mitmenschen. Sie ist schon in Eile, weil sie zum Rosenkranz-Beten muss. Stolz verkündet sie erneut noch beim Gehen, dass sie jetzt zur Vorbeterin aufgestiegen sei. Auf die letzte Frage, ob auch Männer dabei seien, antwortet sie schon zwischen Tür und Angel: „ja der treue Bartel und der alte Emmeran aus Weingarten." Und fort ist die selbst ernannte Tugendwächterin der Stadt.

Zwischenzeitlich sucht der Kommissar das Bräustüble auf. Es ist knallvoll nach der Beerdigung, obwohl die trauernde Familie es strikt abgelehnt hat, zu einem Leichenschmaus einzuladen. Reni hat alle Hände voll zu tun und holt zwischen dem Bedienen schnell den Zettel mit den Namen des Dienstag-Stammtisches. Kurz erklärt sie: „Mir sind nur 20 Namen eingefallen. Ich kenne fast nur die Vornamen. Es sind ja außerdem nicht immer dieselben Gäste. Manchmal sind auch Frauen dabei, seit es um das Thema der Flüchtlinge geht. Am Dienstag vor der Tat waren es mehr als 30 Leute, die zuhörten. Das schlimme Wort mit der Wiesinger Moschee ist vielleicht schon am Dienstag davor gefallen." Das ruft sie noch im Weitereilen mit einem großen Tablett, auf dem sie zehn voll eingeschenkte Halbe des süffigen Spalter Biers durch die Menge jongliert.

Der Ermittler quetscht sich an den vollbesetzten Stammtisch und bestellt ein „Number One" Spalter Bier. Die Gespräche verebben sofort und lassen sich auch durch die Fragen des Beamten nicht richtig beleben. Hier erfährt er nichts – nicht einmal Gerüchte. Alle sprechen von dem guten Veit und dass er ihnen gewaltig abgeht. So kommt man nicht weiter, denkt er, trinkt sein Bier aus und verlässt mit dem kaum zu gebrauchenden Namenszettel frustriert die so friedlich daliegende Stadt. Ein ungewöhnlich ruhiger Ort für einen brutalen Mord! Auf der Fahrt nach Nürnberg meldet er sich telefonisch auf meinem Anrufbeantworter und bittet mich, morgen am Samstag zu einem kurzen Gespräch, wobei die Betonung auf dem Adjektiv kurz liegt. Er vermeidet bewusst das Wort Vernehmung. Ich solle bitte zurückrufen, wann es mir passe.

Als auch ich mit Franz einen Platz im Bräustüble suche, um uns nach den Enthüllungen" der Luis auszutauschen, ist alles rappelvoll. Reni sieht uns verzweifelt an, kein einziger Stuhl mehr frei. „Kommt doch später!"

Ich bin beunruhigt über die Beobachtungen der Luis. Man kann ihr zwar nicht alles abnehmen, aber das mit ihren Schnüffeleien im Dienst der Tugend am Montag vor der Tat, scheint so typisch für sie, dass ich ihr glauben kann. Mir hat Reni ja etwas verklemmt von dem Besuch bei Veit am Montag vor dem furchtbaren Geschehen berichtet. Neu ist die Beobachtung der neugierigen Luis, dass auch ein bullig aussehender Mann die Szene beobachtet hat. Ich denke sofort an den Freund Renis, dem sie schon vor Wochen den Laufpass gegeben haben will. Er soll doch wahnsinnig gewalttätig in seiner Eifersucht gewesen sein! Und Reni erwähnt, dass er immer noch bei ihr anbaggert, um wieder ins Bett der Liebe eingelassen zu werden. War er etwa auch vor meinem Turm auf Lauer gelegen, als ich die wunderbare Nacht der Sinnlichkeit mit Reni hatte? Ich muss sie dringend allein sprechen und den guten Franz abhängen, denn ich will ihn nicht in meine Intimsphäre einweihen. Wie ist das mit der rasenden Eifersucht ihres Exfreundes und könnte sie auch ein Motiv für den Mord an Veit abgeben? Noch weiß sie ja nichts von der Überwachung durch ihn, als sie am Montag unseren Freund Veit nicht nur zum Abendessen besuchte.

Also erst mal Platz in einem der anderen Wirtshäuser der Stadt finden, damit wir alles bereden und Hunger und Durst stillen können. Die große Menge der Beerdigungsgäste scheint alle Gasthäuser gefüllt zu haben. Über der Rezart, in Portugal, wie sie in Spalt (Spanien) witziger Weise sagen, finden wir gerade noch einen Platz im bodenständigen, aber vorzüglichen Gasthof, der nach den bayerischen Wittelsbachern benannt ist. Veit war hier auch gerne zu Gast. „Da sind wir richtig", stellen wir befriedigt fest.

„Franz, was hältst du von der Geschichte mit dem gehörnten Ehemann Emil Besenbeck? Du kennst ihn doch aus der Zeit, als er noch am geselligen Leben teilgenommen hat! Wart ihr nicht beide im Schützenverein aktiv?"

„Ja, er war damals auch im Geschichtsverein. Seine schöne Frau hat er immer bewacht wie ein Zerberus. Sie hat allen leidgetan in ihrem goldenen Käfig. Auch ein neuer Sportwagen konnte sie nicht glücklich machen. Seit Emil allein im Wald bei Pleinfeld lebt, hat er sich vollständig zurückgezogen. Man erzählt von einem großen Zaun um sein fast unzugängliches Grundstück. Es wird sogar von einer Selbstschussanlage gemunkelt. Die zwei scharfen Hunde schlagen sofort an, wenn sich ein unbedarfter Wanderer auf mehrere hundert Schritte nähert. Alle Einheimischen machen einen weiten Bogen um diese unerfreuliche Ecke. Ich habe gehört, dass ihn sogar die Behörden in Ruhe lassen. Er droht jedem mit seinen Bluthunden. Als man das Haus an die Kanalisation anschließen wollte, vertrieb er die Arbeiter unter brutalen Verwünschungen. Vielleicht stimmt es wirklich, dass sie ihn einfach in Ruhe lassen mussten, wenn sie nicht Waffengewalt einsetzen wollten. Er soll der Einzige sein, der noch eine Sickergrube benutzt. Es müssen unbeschreibliche Zustände im Haus herrschen, seit die „tugendreiche" Luis nicht mehr hingeht. Vermüllt und verdreckt soll es sein."

Ja, und kommt er als Mörder in Frage? Er soll doch Morddrohungen gegen Veit ausgestoßen haben, wenn wir etwas auf das Geschwätz geben."

Franz meint, dass er sicher einen abgrundtiefen Hass gegen Veit gehegt habe. Wenn er ihm etwas hätte antun wollen, wäre das wohl vor Jahren geschehen. Wissen kann man nie, was in solchen Sonderlingen vorgeht. Ich erzähle ihm von dem mysteriösen Anruf auf meinem AB mit dem wüsten Hundegebell. „Was hältst du davon?" „Das kann schon in die Richtung einer Warnung gehen, ihn in Ruhe zu lassen," konstatiert er. „Er ahnt vielleicht, dass du als Freund Veits den Kommissar bei den Ermittlungen unterstützt."

Wir kommen überein, erst einmal selbst zu forschen, bevor wir uns vor dem Kommissar mit dem ungeprüften Geschwätz der Luis erneut lächerlich machen. Es hat jetzt nichts mehr mit einer antiquierten Herkuleskeule zu tun, aber die Geschichte passt ebenfalls nicht voll in unsere moderne Welt.

Ich verabschiede mich von dem guten Franz, ohne zu verraten, dass ich dringend ins Bräustüble zu Reni möchte. Dort sind nur noch wenige Gäste versammelt, die alle schon gezahlt haben. Reni bringt ein letztes Bier und setzt sich etwas verlegen zu mir an den Ecktisch. Ich will wirklich nicht ekelhaft oder gar eifersüchtig erscheinen. Trotzdem klingt es fast so, als ich davon spreche, was ich aus der Gerüchteküche gehört habe. Ihr Besuch bei Veit am Montag sei von verschiedenen Seiten beobachtet, um nicht zu sagen, überwacht worden. Ein großer, bullig aussehender Mann sei auffällig vor Veits Haus auf und abpatrouilliert und habe alles genau registriert. Sie zögert nicht einen Moment. „Ja, das war er sicher! Der Idiot macht alle seine Versuche, mich wieder zu gewinnen, mit seiner blöden Art zunichte". Sie ist entrüstet und will ihn bald zur Rede stellen. Ja, er liebe sie noch und wenn er immer noch eifersüchtig reagiere, finde sie das krankhaft. Dann soll er bleiben, wo der Pfeffer wächst.

Sie fährt fort: „Ich weiß, dass es nicht gut aussieht, wenn ich den Veit als Strohwitwer besuche. Er wollte mal wieder mit mir ausgiebig allein sprechen und ließ mir keine Ruhe mit einer Essenseinladung. Du weißt doch, dass er begeistert gekocht hat. Er hatte von seinem Freund Manfred, einem Jäger, einen feinen Rehrücken geschenkt bekommen. Du kennst doch den Menschenfreund aus Großweingarten, der sogar am Dach der Welt als Wohltäter auftritt! Er verhält sich auch als Jäger wie ein Vorbild für die Anderen. Mir hat er einmal erzählt, wie toll er mit seinen Tieren umgeht und dass er niemals scharf auf Trophäen war.

Reni war es sehr angenehm, etwas abschweifen zu können, denn ganz wohl war ihr bei der Offenlegung ihrer Liebesnacht mit Veit bei der Abwesenheit Annis doch nicht gerade. Sie kommt dann wieder zum etwas peinlichen Thema zurück:

Ich mochte den Veit ja sehr gerne und wollte ihn nicht mit einer Absage kränken. Nach dem guten Essen mit reichlichem Genuss des besten Rotweins konnte ich nicht mehr mit dem Auto heimfahren. Glaube mir, Schorsch, ich hatte wirklich nicht vor, die Anni zu betrüben, falls sie davon erfährt! Nun, Veit war mir so nahe und vertraut, dass wir fast automatisch nach langer Unterbrechung wieder intim wurden." Sie muss weinen und kann nur schwer mit fast vor Tränen erstickter Stimme weitersprechen „Jetzt, wo er nicht mehr unter uns ist, war es ein versöhnlicher Abschied von der Liebe und vom Leben für ihn! Er hat das erotische Zusammensein ohne große Gewissensnot genießen können und wiederholt versichert, dass es sich nicht gegen seine Anni richtet."

Ich frage nach dem Exfreund und ob seine Eifersucht fortbesteht. Aussprechen möchte ich es nicht und komme nur bis: „Ist es denkbar?....."

Reni ist wutentbrannt und meint. „Eifersucht vielleicht schon, aber doch nicht für einen Mord! Er ist eigentlich ein prima Kerl! Naja, jeden zweiten Tag sendet er mir einen Blumenstrauß. Er schreibt eine SMS nach der anderen und versucht es mit allen Mitteln, mich wieder herum zu kriegen. Seine große Angst ist, dass ich nach Wochen des Alleinseins an alte Verbindungen anknüpfe und diese aufleben lasse. Natürlich ist krankhafte Eifersucht dabei. Im Vordergrund steht angeblich, dass er wissen will, ob er bei mir weiter kratzen soll. Noch einmal: Für mich kommt er nicht für die Mordtat in Frage. Er war sogar ein Anhänger Veits und für so gewaltsam schätze ich ihn einfach nicht ein. Das wäre früher, als wir ein Paar waren, vielleicht der Fall gewesen, wenn er mich etwa in flagranti mit einem anderen Mann überrascht hätte. Aber jetzt nach Wochen der Trennung sicher nicht. Jedenfalls gibt es jetzt kein Zurück mehr, nachdem er mir immer noch nachspioniert. Das hat er sich endgültig verscherzt."

Jetzt beginnt sie tatsächlich ohne jeden Ansatz von schlechtem Gewissen nach den offenen Enthüllungen ihrer sexuellen Aktivitäten mit Veit von uns beiden:

„Schorsch, bei unserer Liebe war es einmalig schön. Ja, einmalig! Das war einfach genial mit dir! Mir geht das Glücksgefühl und auch die Sehnsucht nach mehr nicht aus dem Sinn und doch weiß ich, dass wir nicht weitermachen sollen. Das würde alles so schwierig werden lassen und du bist und bleibst doch ein eingefleischter Junggeselle, nicht wahr Schorsch"!

Etwas seltsam ist es mir ums Herz und nur mit einem Freundesbussi verlasse ich Reni. Als ich durch die frische Abendluft durch die Gassen des Städtchens einen Umweg mache und dann heimlaufe, komme ich trotz aller Trauer fast ins Tanzen und Hupfen vor lauter Fröhlichkeit über die wundersame Lösung eines großen Problems. So einfach hatte ich es mir nicht vorgestellt.

Der Samstag beginnt mit desolater Stimmung in der kleinen Stadt. Die Beerdigung, die Reden, der unaufgeklärte Mord – alles schwebt wie eine dunkle Wolke über den Bürgern. Nur jetzt keine falschen Verdächtigungen, sonst könnte es einem selbst auch passieren, in der Gerüchteküche gesotten zu werden. Alle Geschäfte, die Metzgereien und Bäckereien versuchen, zum normalen Leben überzugehen. Es gelingt nicht recht.

Ich rufe wunschgemäß beim Kommissar an und lade ihn um die Mittagszeit zu mir in den Turm ein. Ich schaffe es trotz der inneren Unruhe wenigstens, die Zeitung zu studieren, die im Regionalteil einen großen Bericht über die Beerdigung bringt. Auch in der Gesamtausgabe wird über den Mord und die Beerdigung des Opfers berichtet. Veit würdigt man als überragende Persönlichkeit. Auch aus meiner Rede finde ich Zitate. Natürlich kommt der Begriff Wiesinger-Moschee bei dem Bericht vor. Er wird entlarvt als polemischer Angriff, der unbegründete Ängste mobilisiert haben könnte. Es sei ein Wahn, dass bald die Moslems als Mehrheit im Land und auch in Spalt alles auf den Kopf stellen. Als reine Angstmache wird die Zukunftsvision einer Umwandlung von Gotteshäusern, wie der Spalter Nikolauskirche, in Moscheen hingestellt. Nicht unerwähnt bleibt der Umstand, dass die Mordkommission immer noch im Dunkeln tappt und auf Hinweise der Bevölkerung wartet.

Herr Bauernfeind erkennt die versteckten Angriffe auf seine erfolglose Ermittlungsarbeit und kommt in etwas gedrückter Stimmung zu mir.

Er will gleich nach der Unterredung zu Sepp Hinterholzer gehen. Für ihn ist er momentan ein möglicher Verdächtigter. Der Ausdruck Wiesinger-Moschee stammt ja von ihm. Ich versuche ihm klar zu machen, dass Sepp kein Radikaler und schon gar kein Gewalttäter ist. Den umstrittenen Begriff hat er nur im Eifer des Redegefechtes, ohne viel zu überlegen, geprägt. Er ist ein kleiner, schmächtiger Zeitgenosse, der für die Tat schon physisch nicht in Frage komme. Ich selbst habe schon wiederholt von ihm gehört, wie Leid ihm seine verbale Entgleisung sei. Er gehe überall in der Stadt mit seinem Lamento hausieren und mit der Entschuldigung, nicht richtig überlegt zu haben. Er bedauere es zutiefst. Fast als Freund Veits sei er anzusprechen. Nicht leicht sei jemand zu finden, mit dem er im Wortstreit mit Niveau die Klinge kreuzen könne. Nicht jeder müsse bei unserer Meinungsfreiheit dieselbe politische Richtung einnehmen. Sie hätten den Austausch von Argumenten geliebt. Nur sei Veit ihm einfach überlegen gewesen, weshalb er da einmal die Contenance verloren habe.

Die Sache mit dem „einsamen Wolf" im Wald bei Pleinfeld wollte ich mit Franz Joseph noch am selben Abend weiter besprechen, bevor ich vielleicht mit der Weitergabe an den Ermittler ein Unglück anrichten würde. Wer weiß, wie Emil reagieren würde, wenn die Polizei sich gewaltsam Eingang in seine Höhle verschaffen würde? Am Ende müssten die Hunde erschossen werden und es käme zu einem großen Unglück, wenn die Polizei gegen den Widerborstigen Gewalt anwenden müsste. Und ich glaube ebenso wie Franz nicht ernsthaft an eine Täterschaft des alten Mannes.

In mir herrscht nicht das beste Gefühl vor, als ich dem Kommissar den Verdacht gegen den Exfreund Renis weitergebe. Ich decke alle Einzelheiten dieser Geschichte auf. Von meiner Liebesnacht mit Reni vom vergangenen Samstag auf Sonntag: kein Wort. Ich gehe davon aus, dass wir unentdeckt geblieben sind und dass unsere Liebesnacht für die Ermittlungen ohne Bedeutung ist.

Der Kommissar springt sofort auf den Zug Exfreund – Eifersucht auf und ist froh, eine Spur ohne Herkules und Moschee verfolgen zu können. Den ersten Gedanken an Sepp Hinterholzer und dessen Täterschaft lässt er schnell wieder fallen.

Ich gebe ihm die Adresse und kurze Zeit später steht er vor der Türe Renis Exfreundes Frank Bartollo in Roth.

Dieser öffnet die Türe und sieht sich mit der Kriminalpolizei konfrontiert. Er ist nicht einmal schockiert, als der Kommissar ihn nach seinem Alibi in der Mordnacht fragt. Irgendwie rechnet er damit, dass er am Montag davor beobachtet worden ist, als er auffällig das Haus Veits im Visier hatte. Der Verdacht muss ja auf ihn fallen, wenn Veit zwei Tage später einem Mordanschlag zum Opfer fällt. Und das Motiv ist auch nicht zu weit hergeholt, weil es seine Exfreundin war, die zur fraglichen Zeit bei Veit einen intimen Besuch abgestattet hat. Er ist sofort aussagebereit und weist die Möglichkeit, sich mit einem Rechtsanwalt zu beraten, ohne jeden Zweifel zurück.

„Ja, ich war am Montag vor der Mordnacht in Spalt. Ich hatte vergessen, dass das Bräustüble wegen Ruhetags geschlossen hatte. Da sah ich das Auto Renis um die Kurve kommen und wollte sehen, was sie in Spalt vorhatte. Ich will sie zurückgewinnen und bin daran interessiert, zu erfahren, ob ich noch Chancen habe oder ob sie sich schon anderweitig orientiert hat. Naja, Eifersucht ist auch noch immer dabei. Als Reni, heimlich und vorsichtig um sich schauend, im Haus Wiesinger eingelassen wurde, konnte ich sie gerade noch beobachten. Veit ist ein gutes Stück älter als wir, aber noch nicht wirklich alt. Er war ein weltgewandter Mann, der auch bei wesentlich jüngeren Frauen Aufmerksamkeit erregte. Ich wusste von seiner früheren Liebesbeziehung mit Reni vor meiner Zeit. Jetzt lebte die alte Liebe wohl wieder auf! Ich war wie betäubt vor Eifersucht und wollte sehen, wie lange Reni bei ihm bleibt.

Oft habe ich kein nachweisbares Alibi, oder ich kann mich nicht erinnern, was ich gemacht habe. Anders ist es für die Mordnacht am Mittwoch. Meine Mutter ist sehr krank und wird von mir und meiner Schwester gepflegt. Als ich am Mittwoch von der Arbeit heimkam, lag sie in hilfloser Lage am Boden in ihrer Wohnung. Sie war schon vor einem Monat einmal für zwei Wochen in der Palliativabteilung des Rother Krankenhauses. Dort wollte sie unbedingt wieder hin, weil es auf dieser Station sehr menschlich zugeht und bestmögliche Hilfe gegeben wird. Ich rief dort an und bekam für sie ein freies Zimmer. Bei dem schlechten Zustand meiner Mutter dachte ich, dass sie vielleicht schon in der Nacht sterben könnte, was dann – Gott sei Dank – nicht geschah. Jedenfalls schob man mir ein Zustellbett ins Krankenzimmer und ich blieb die ganze Nacht bei ihr und sorgte für sie, soweit ich das konnte. Sie können bei Schwester Martha anrufen und sich davon überzeugen, dass dies der Wahrheit entspricht".

Herr Bauernfeind ist schon fast überzeugt, dass diese Spur nicht weiterführt, fährt aber doch noch zum Rother Krankenhaus und bekommt alles bestätigt, was Frank ausgesagt hat. Man ist im Krankenhaus voll des Lobes für diesen guten Sohn und das lässt auch verstehen, warum Reni ihn sehr gern hatte. Es ist halt ein guter Kerl.

Der Kommissar ruft mich an und verständigt mich von der falschen Spur, die er verfolgt habe. Er hofft erneut auf meine Mithilfe, um weiter zu kommen – wenn es geht, ohne Heilige, griechische Götter und Sagen. Ich weise ihn darauf hin, dass es einen Mann gebe, der mehr als ich über der Ermordeten wissen könnte. Es ist sein Vetter und enger Vertrauter mit Namen Johann Rosmeier. Mir gegenüber habe er sich schweigsam und manchmal fast orakelhaft verhalten, wenn es um Veit ging.

Herr Bauernfeind läutet nach telefonischer Anmeldung bei Johann Rosmeier, dem Repräsentanten des für Spalt wichtigsten Vereins, der sich der Heimat verschrieben hat.

"Herr Hintersass hat mir erzählt, dass Sie ein Intimus des ermordeten Veit Wiesinger waren. Sie seien sogar ein Vetter des großen Mannes und ein enger Freund gewesen und wüssten über ihn weit mehr als er. Wir tappen noch im Dunkeln. Nach meiner Erfahrung sind Kapitaldelikte fast immer Beziehungstaten oder es steckt Eifersucht, aber meist doch Geld in irgendeiner Form dahinter. Herr Hintersass hat Ideen, die mir weltfremd erscheinen. Auf die Frage, wer einen finanziellen Vorteil aus dem Tod des Opfers ziehen könnte, hat er nur die Erbfolge durch die Ehefrau und Kinder im Sinn. Meine Frage an Sie: Gibt es einen Unbekannten, der durch den Tod Herrn Wiesingers einen beträchtlichen geldwerten Vorteil haben könnte?"

Herr Rosmeier windet sich hin und her. Schließlich beginnt er mit der dringenden Bitte, dass nichts von dem, was er aufdecken muss, nach außen kommen dürfe. Es gehe um ein bestens gehütetes Geheimnis des Verstorbenen, das außer ihm wohl kein Mensch in seiner Heimat kenne. Trotz der hier vorherrschenden großen Neugierde! Das Andenken an seinen Vetter und Freund dürfe auf keinen Fall unter dem Bekanntwerden der Geschichte leiden. Der Kommissar ist richtig in Fahrt und wittert einen ersehnten Ermittlungserfolg, ohne auf die „Flausen" in meinem Kopf eingehen zu müssen. Obwohl er im Falle des Falles keine Geheimhaltung versprechen kann, weil die Öffentlichkeit in Gestalt der gierigen Medien nichts lieber aufsaugt, als pikante Geheimnisse, beruhigt er sein Gegenüber. Eigentlich wider besseres Wissen! Immer noch zögernd und widerwillig beginnt der Vetter Veits:

"Es geht leider kein Weg daran vorbei, dass ich etwas aushole. Der Ermordete war etwa im gleichen Alter wie ich. Wir wuchsen gemeinsam in Spalt auf und waren bis zu seinem schlimmen Ende immer ein Herz und eine Seele. Ich habe ihn bewundert und fast etwas verehrt, ohne ihn zu beneiden. Er war gescheit, sah blendend aus und entwickelte früh etwas Weltläufiges. Ich weiß, dass er sehr reich war, wenn er auch nie darüber sprach. Über seinen Vater hatte er große Grundstücke in Gunzenhausen geerbt, die das heutige Industriegebiet ausmachen. Er legte großen Wert auf elegante Kleidung und fuhr immer besondere Sportautos. Sonst zeigte er daheim keine Spur des großen Reichtums. Hochnäsigkeit oder Einbildung kannte er nicht. Bei den Mädchen und jungen Frauen galt er schon seit Jugendzeiten als unwiderstehlich. Als er in den achtziger Jahren zwei Semester in Wien studierte, besuchte ich ihn und konnte mit in seiner Kommune oder WG wohnen und eine Woche sein Studentenleben teilen. Ich war völlig unvorbereitet und staunte nicht schlecht über die erotischen Freiheiten, die mir noch nie in der Form begegnet waren. In der WG lebten zwei freizügige, tolle Mädchen. Eine Schwedin und eine Berliner Schnauze. Dazu noch zwei männliche Mitbewohner - ein Brasilianer und ein amerikanischer Musikstudent, der Dirigent werden wollte. Ich wusste natürlich von Veits Weibergeschichten, die er als gewandter und betuchter „Womanizer" exzessiv jedoch immer „gentlemanlike" betrieb. Es war die Zeit, als vielen Frauen – auch auf dem Land - die Pille jede Scheu nahm und Aids noch in weiten Fernen lag. Ich wunderte mich nicht einmal, als ich sehr rasch registrierte, dass Veit gleich mit beiden Mädchen intim war. Mich haute es jedoch geradezu um, als ich bemerkte, dass er auch mit dem schönen, braunen Jüngling aus Rio ein Liebesverhältnis unterhielt. Er erklärte mir, dass Liebe und Sex bei ihm viel zu kurz kommen, wenn er nur die heterosexuelle Seite genieße. Er habe die Bisexualität als seine Neigung neu entdeckt. Ich konnte da nicht mithalten, war jedoch weit entfernt, ihn zu verurteilen. Bevor ich Wien wieder verließ, saßen wir noch lange in einem Beisel zusammen und diskutierten alle Fragen des Lebens und der Liebe. Wir kamen überein, dass Veit seine bürgerliche Existenz in Spalt nicht mit seinen homoerotischen Neigungen in Frage stellen dürfe. Die Leute seien dort noch nicht so weit, solche Freiheiten zu akzeptieren. Ich befürchtete, dass ich ihn als engen Freund verlieren würde, wenn er sich in der Kleinstadt unmöglich machen und in die Anonymität der Großstadt ausweichen würde. Es kam zu einem Schwur, dass das Geheimnis, solange wir leben, unter uns bleiben würde. Er war froh, dass er mir gegenüber jederzeit offen über seine bisexuellen Neigungen und Eskapaden sprechen konnte. Es blieb dabei. Seine Geheimnisse waren sogar seinen Frauen und auch meiner eigenen Frau verborgen. Wir waren uns immer sicher, dass er in der Heimat nur als Freund der schönen Frauen aber nie als Schwuler auftreten darf. Geheimnisumwittert war er schon ein wenig."

Der Kommissar drängt etwas zur gebotenen Kürze der Enthüllungen und bringt wieder seinen Ansatz ins Spiel. „Die Frage ist doch, ob es einen noch nicht Ermittelten gibt, der einen erheblichen finanziellen Gewinn oder Vorteil durch den Tod des Opfers haben könnte."

„Dazu wollte ich gerade vorstoßen. Veit genehmigte sich – vielleicht mit Ausnahme seiner ersten Familienjahre mit den kleinen Töchtern - immer ein Doppelleben. Er wechselte seine homoerotischen Freunde in Berlin oder Wien einige Male. Alle paar Wochen nahm er sich einige Tage, um mit seinem Boy zusammen zu sein. Offiziell hatte er Kongresse zu besuchen oder

Lehraufträge zu erfüllen. Mitnehmen wollte er selbstverständlich nie jemand, weder seine Frau noch seine Töchter. Er gab vor, völlig ungestört sein zu müssen. Und jetzt bin ich am Punkt:

Ich komme zu seinem letzten jungen Freund und Geliebten, der in der Tat einen nicht geringen finanziellen Vorteil durch das Ableben Veits verbuchen kann. Dieser wollte die Liaison schon längere Zeit beenden, schaffte es jedoch nicht ganz. Es ist ein ehemaliger Student aus den Reihen der Gefolgschaft des Professor Wiesinger. Ohne Zweifel ist er abgedriftet und betätigt sich angeblich als Künstler und Animateur. In Wirklichkeit sind es dubiose Geschäfte, mit denen er schnell reich werden will. Sein Künstlername ist Patricio Graf von Amelungen. Er heißt schlicht Fritz Schelling. Soweit ich weiß, ist er wegen Betrugs zu einer Bewährungsstrafe verurteilt und steckt in einer weiteren großen Betrugsgeschichte. Veit war lange sehr eng mit ihm verbandelt. In der letzten Zeit war ihr Verhältnis belastet. Als sie noch gut miteinander waren, wollte Veit ihn finanziell absichern. Er schloss eine hohe Lebensversicherung auf ihn ab. Die Papiere lagern bei dem jungen Freund. Das Doppelleben sollte auch posthum in der Heimat nicht etwa durch ein Testament offenbar werden. Ich glaube aber nicht, dass der Abschluss der Lebensversicherung damit zusammenhängt, dass Veit Vorahnungen hatte, so bald am Ende seines Lebens zu sein. Er war einfach in allen Dingen organisiert und ordnete seine Verhältnisse, auch über den Tod hinaus. Die Berücksichtigung des „Grafen" in einem Testament hätte sein Doppelleben aufgedeckt.

Noch zu Fritz oder den „Grafen". Er kam in den letzten Monaten einige Male nach Spalt, was Veit früher bei seinen jungen Freunden nie geduldet hätte. Seine Tarnung war, den Doktorvater dringend aufsuchen zu müssen, um die angebliche Dissertation fertig zu stellen. Seine Besuche galten nur einer Sache: Geld. Er fiel hier mit „geblondeten", langen Haaren und einem stets gebräunten Teint auf. Sein Gehabe gab eigentlich keinen Zweifel an der homoerotischen Ausrichtung. Hier dachte man sich nichts dabei. Warum sollte ein Doktorand aus der Stadt nicht auffallend oder schwul sein? Veit sorgte dafür, dass der „Doktorand" mit einer Summe dringend benötigenden Geldes sehr schnell verschwand. Das Verhältnis der Beiden war nicht nur durch die Geldforderungen - vielleicht auch Erpressungen - mehr als gestört. Mir gegenüber konnte Veit ja offen sprechen, aber hatte in diesem Fall eine auffallende Scheu und begnügte sich mit Andeutungen. Es passte nicht in sein cooles Doppelleben, wenn er dabei Probleme bekam.

So jetzt ist mein Wissen um das große Geheimnis heraus. Ich wollte es nie verraten, war mir aber klar, dass es nach dem schrecklichen Mord der Polizei nicht verheimlicht werden darf. Ein mögliches Mordmotiv liegt zu klar auf der Hand, wenn ich auch nicht an eine Täterschaft des falschen Grafen glauben kann. Man weiß aber nie, was in einem Menschen vorgeht, wenn er in die Enge getrieben ist! Und eng scheint es für ihn nach der bereits verhängten Bewährungsstrafe geworden sein."

Der Kommissar sieht seine Vermutung und die Suche nach einem finanziellen Motiv voll bestätigt und braucht nun dringend genaue Daten des Verdächtigten. Herr Rosmeier kann ihm nicht mehr weiterhelfen, aber über den großen Rechner der Polizei und die Eingabe des Künstlernamens Patrizio Graf von Amelungen erhält der Beamte in Sekundenschnelle alle Daten. Vor allem die Tatsache, dass der Verdächtige wegen Betrugs mit Haftbefehl gesucht wird. Er habe sich der Festnahme unmittelbar vor der Ausschreibung mit einem Direktflug nach Havanna, Kuba abgesetzt. Es scheint unmöglich, in Kuba an ihn heran zu kommen, weil eine funktionierende Zusammenarbeit mit der Polizei des Castro-Regimes nicht möglich ist. Eine Dienstreise nach Kuba, um den Verdächtigen aufzuspüren, wäre für den

Kommissar zwar verlockend, aber doch nicht verhältnismäßig. Dazu müsste die Beweislage stringenter sein. Der Kommissar stürzt sich mit seiner ganzen Abteilung in weitere Ermittlungen. Leider bleibt er bei einer wesentlichen Frage stecken. Kein Zeuge hat den Verdächtigen zur Tatzeit oder in den Tagen davor in Spalt oder auch nur im Fränkischen gesehen. Die Alibifrage bleibt offen. Sie wird sicher offenbleiben, bis man den "Betrüger" gefasst haben wird. Das kann bei dem Geldmangel des "Grafen" in Kuba nicht allzu lange dauern, mutmaßt der Kriminalist. Spuren oder Hinweise auf die Mordtat werden bei der Wohnungsdurchsuchung der Berliner Bleibe des Verdächtigen nicht oder noch nicht gefunden. Den Flug nach Havanna hat er nicht sofort nach der Tatzeit des Mordes gebucht. Er fand sich erst drei Tage danach persönlich am Condor-Schalter des Flughafens Frankfurt ein und bekam einen Last- Minute Flug, der kurze Zeit später startete. Sicher ist, dass zu diesem Zeitpunkt die Nachricht von der Mordtat in allen Medien zugänglich war. Offen ist dagegen, ob der falsche Graf am Mord beteiligt oder sich auch nur durch die Medien davon informiert hatte. Es kann sein, dass er von der Polizei und seinen Gläubigern gejagt wurde und nichts im Sinn hatte, als seine Haut zu retten. Seine plötzliche Absetzbewegung könnte auch allein durch die Betrugsgeschichte veranlasst sein. Vielleicht weiß er wirklich nicht einmal etwas von seinem "Glück", das ihn aus seinem finanziellen Desaster - wenigstens vorläufig retten könnte?

Der Polizeibeamte wäre gerne auf einem sicheren Weg, aber er steckt voller Zweifel. Er geht noch einmal alles durch: Das Motiv passt perfekt - ja zu perfekt! Warum wartet der Verdächtige drei ganze Tage nach dem Mord bis zum Untertauchen? Weiß er von dem Haftbefehl gegen ihn, oder will er sich vorsorglich in Sicherheit bringen und die Sache vom fernen Kuba aus beobachten?

Es ist eine Erfahrungstatsache, dass Betrüger - und derzeit sieht alles nach einem reinrassigen Vertreter dieser Gattung aus - praktisch nie Gewalt anwenden. Sie sind von der kreativen Sorte. Ihnen fällt immer was Neues ein! Der Kommissar ruft endlich auch bei mir an und möchte wissen, was ich von dem "Grafen" weiß. Ich bin total verblüfft, dass der "Graf" in das Interesse der Fahndung gerückt ist. Für mich war er ein etwas auffälliger Doktorand meines Freundes. Veit hatte mir den jungen Mann nur kurz vorgestellt, aber es peinlich verhindert, dass wir längere Unterhaltungen hätten pflegen können. Das war mir damals bei unserer Vertrautheit nicht ganz verständlich. Ich antworte dem Kommissar, dass ich den Mann für ungewöhnlich ansehe, aber keine Beziehung zu der Mordtat sehe. Er scheint mir viel zu gutaussehend, geschmeidig, gewandt und gerissen zu sein. Für eine brutale Gewalttat hat er für mich nicht das richtige Täterprofil. Aber wissen kann man es ja nie! Der Kommissar deutet ein auffälliges Motiv an, das in einer großen Lebensversicherungssumme liege. Über die Hintergründe kein Wort! Er murmelt nur etwas von einem Haftbefehl wegen Betrugs und dass er nichts Weiteres sagen dürfe. Das macht mich natürlich neugierig und lässt meine Phantasie blühen. Ich bin auf einmal nicht mehr so sicher, dass Franz und ich es sein werden, die den Mörder ausfindig machen. Erst viel später werde ich über alles aufgeklärt, was mit der Bisexualität Veits und seinem Doppelleben zusammenhing. Mich hatte er offensichtlich als ein Stück Spalt betrachtet und mir gegenüber deshalb dieses Geheimnis nicht gelüftet. Offen gestanden, bringen mich seine erst jetzt entdeckten Vorbehalte gegen mich in eine verzweifelte Lage. Ich durchleide posthum eine echte Freundschaftskrise, die leider nicht mehr durch klärende Gespräche aufzuarbeiten ist. Gerade in seiner Not hätte ich Offenheit erwartet. Ich redete mir ein, dass sein Doppelleben sich schon so verselbständigt hatte, dass er unsere Beziehung damit nicht belasten wollte. Oft muss ich mit dem Gedanken kämpfen, ich hätte unserer Freundschaft zu viel Bedeutung zugemessen. Als ich meinen Verbündeten Franz Joseph informiere und zu Rate ziehe, ist auch er zunächst verdutzt. Er kennt den falschen Grafen nur vom Sehen und meint, er könnte vielleicht schon "vom anderen Ufer" sein. Er denkt nach: „Aber Veit? Daran habe ich noch nie gedacht, aber ganz ausgeschlossen ist eine Bisexualität auch wieder nicht. Irgendwie passt das schon! Ich wusste nur, dass schöne Frauen seine große Leidenschaft waren. Kaum ein begehrtes Weib bei uns konnte seinem Charme widerstehen. Es gehörte dazu, für diesen tollen Mann wenigstens zu schwärmen. Er war so ganz anders als die Kleinstadt-Bürger. Eine besondere Aura umgab ihn. Verdächtigungen in Richtung Bisexualität gab es gar nicht. Davon kennt man praktisch nichts in unserer dörflichen Umgebung. Wir Landpomeranzen haben ja keine Ahnung, was in der Welt alles vor sich geht! Das, was wir im Fernsehen geboten bekommen, betrachten wir nicht als Wirklichkeit. Mit der Wahrheit scheint es nur bedingt überein zu stimmen."

Mir gehen auf einmal Bilder durch den Kopf, denen ich nie besonderes Gewicht beigelegt habe. Veit war ja nicht nur ein gut aussehender, jung gebliebener Grandseigneur, sondern auch immer ungewöhnlich gepflegt. Durch sein dichtes, weißes Haar war er noch attraktiver geworden. Die Liebe zur deftigen fränkischen Küche mit Salzknöchla" und Bratwürsten schlug sich nicht einmal in einem Bauchansatz nieder. Er joggte, fuhr allein und gemeinsam mit mir Rennrad und kämpfte mich meist in heftigen Tennisspielen gnadenlos nieder. Drei aufwändige Fingerringe glänzten an seinen Händen. Er liebte Seidenhemden in ungewöhnlichem Design. Einmal bemerkte ich, dass er seine Fußnägel rot lackiert hatte. Er sah meinen überraschten Blick und lachte. "Warum nicht auch mit sich selbst spielen? Das Leben ist grau genug!" Etwas seltsame Erinnerungen an seinem

Spaß, sich mit mir am Brombachsee balgen zu wollen, kommen hoch. Gut, er ist halt ein älterer Junge geblieben! Ein Hauch von Geheimnissen umgab ihn immer, wenn er sich alle paar Wochen von Spalt, seiner Anni und auch mir verabschiedete. Er wollte nur wenig über seine "Ausflüge" sprechen und vor allem niemand dabeihaben. Auch ich erklärte mir die Eskapaden mit Teilnahme an Kongressen, mit Vorträgen und seiner Wissenschaft. Ziele, wie Berlin oder Wien ließ er nebenbei fallen und Andeutungen über die erforderliche Konzentration. Seltsam erschien es, dass er von Berlin manchmal braungerannt zurückkam. Wie, wenn er von Zermatt oder den Kanaren käme. Doch war er ja nie ein Bleichgesicht! Die Persönlichkeit Veits war so überragend, dass kleinkarierte Nachforschungen - und schon Gedanken in der Richtung eines Verdachtes einer Beleidigung gleichgekommen wären.

Ich dachte einfach nicht an homoerotische Neigungen des Freundes, wenn er mich fast zärtlich umarmte und sich mit Wangenküssen übermäßig emotional verabschiedete. Als großer Frauenverehrer war er für mich völlig unverdächtig und an Bisexualität verschwendete ich keine Fantasien, da ich damit noch nie in nähere Berührung gekommen war. Sein Doppelleben zwischen der Heimat und der Großen Welt wurde mir jetzt beim Nachdenken immer verständlicher. Ohne diesen Schutz hätte er seine Liebe zur Familie, seinen vielen Freunden und Kumpeln, ja seiner Heimat - zu Spalatin und der lokalen Geschichte nicht ausleben können. Er war in sich gespalten zwischen Kaviar und Schäufele. Warum sollte er beide Hälften unnatürlich vereinen und dadurch seine Identität verlieren? Das Motiv des falschen Grafen an der Auszahlung der hohen Lebensversicherung steht unverrückbar da. Dagegen scheinen unsere Bemühungen tatsächlich etwas sehr an den Haaren herbei gezogen zu sein. Und doch - sie passen wesentlich besser in unsere kleine Welt des Spalter Hügellandes! Vielleicht sollten

Franz und ich neue Krimis lesen, um zeitgemäßer zu denken? Sehr viel geht mir durch den verunsicherten Kopf. Mein Selbstverständnis und meine Überzeugung, hier in der Idylle meine Bestimmung und geistige wie äußere Heimat gefunden zu haben wird immer brüchiger. Noch gebe ich nicht auf.

Franz und ich beschließen, trotz alledem mit unseren eigenen Investigationen weiter zu machen. Etwas gebremst gehen wir den Verdächtigungen aus der Gerüchteküche der Luis nach. Gemeinsam machen wir uns auf nach Pleinfeld in den Wald des widerborstigen Einsiedlers, der sich von seinen Mitmenschen zurückgezogen hat. Uns ist es mehr als mulmig, als wir im Dämmerlicht vor dem unheimlichen Grundstück Besenbecks stehen. Wir entdecken eine vom Efeu eingewachsene Glocke neben dem Tor, an das der hohe Zaun anschließt. Da hat vor uns schon sehr lange niemand mehr geläutet! Alles ist so dicht eingewachsen, dass das Wohnhaus kaum auszumachen ist. An der Einfahrt und an der gesamten Einfriedung - überall Stacheldraht. Nicht gerade einladend hier und die Gerüchte von den Selbstschüssen machen zusätzlich keine angenehme Stimmung. Wir bestätigen uns gegenseitig, dass wir nicht an Selbstschüsse glauben und machen uns Mut, als wir Lärm schlagen, weil wir nicht sicher sind, dass die Klingel funktioniert hat.

Die scharfen Hunde scheinen im Haus zu sein. Wir hören nur ein gedämpftes, sich steigerndes Bellen. Kein Licht im Haus. Unsere Nerven sind so angespannt, dass wir bei jedem Knacken im Wald zusammenzucken. Der Wind rauscht unheimlich in den Baumwipfeln. Vielleicht hätten wir doch den Kommissar von unserer gefährlichen Mission verständigen sollen? Dieser Gedanke steht unausgesprochen zwischen uns. Der im Hass gefangene Vogel scheint heute aus seinem selbstgewählten Käfig ausgeflogen zu sein. Wir wollen nicht unverrichteter Dinge wieder gehen und versuchen, das unheimliche Grundstück wenigstens zu umrunden. Vielleicht gibt es was zu entdecken? Es ist so sehr mit der Natur verfilzt, dass wir nur schwer am Sicherheitszaun entlang weiterkommen. Plötzlich hören wir ein Auto und sehen, wie ein großer Geländewagen über den Waldweg heranrollt und im elektrisch sich öffnenden Tor verschwindet. Die Hunde hören wir jetzt ganz laut. Sie sind sicher nicht mehr im Haus eingeschlossen und von Emil frei gelassen. Uns wird es immer unheimlicher, denn das wüste Gebell nähert sich. Der Menschenfeind muss etwas durch elektronische Überwachung gemerkt und seine gefährlichen Gesellen aus dem noch offenen Tor geschickt haben. Schon bedrohen uns zwei große Dobermänner. Sie bauen sich, wüst bellend, unmittelbar vor uns auf. Das Herz rutscht uns fast in die Hosen vor Angst. Da hören wir nach bangen Minuten über einen Lautsprecher eine krächzende Stimme: „Verhalten Sie sich ganz ruhig, bewegen Sie sich nicht, dann beißen meine Freunde nicht." So stehen wir angstverzerrt mindestens noch einmal fünf lange Minuten – den Zaun im Rücken und vor uns zwei wild bellende Höllenhunde. Endlich ein Befehl vom „Leitwolf" Emil und sofort folgen die für uns waffenscheinpflichtigen Kreaturen und verlassen uns ungerupft. Wir hören das Geräusch einer sich schließenden Metalltüre, hinter der allem Anschein nach Emils Hunde im Zwinger verschwinden. Der Lautsprecher tönt wieder unheimlich: „Kommen Sie nun mit erhobenen Händen bis ans Tor!" „Das kann ja heiter werden," stößt Franz angespannt hervor. Wir stehen nun wie Gefangene „Hände hoch" am halb geöffneten Tor und warten mit sehr gemischten Gefühlen wieder etwa fünf Minuten. Hätten wir doch den Kommissar eingeschaltet!

Plötzlich ein völlig unerwartetes Bild: Die Haustüre geht auf und ein kleines, in sich zusammen gesacktes Männchen hinkt heraus. Ein Bild des Elends! Emil schlurft in gekrümmter Haltung auf uns zu und sagt leise: „Entschuldigung!"

Das war das Allerletzte, was wir erwartet hatten! Er fährt krächzend fort: „Franz Joseph und Schorsch, helft mir bitte!" Er hat uns mit Hilfe seiner Video-Überwachung erkannt, wird uns dabei klar. Was geht hier nur vor? Wir blicken uns erleichtert, aber ungläubig an.

Emil stöhnt und bittet uns unterwürfig in sein Haus. Er muss uns viel erklären. Aus der geöffneten Türe kommt uns ein fast unerträglicher Gestank entgegen. Wir müssen uns überwinden, was aber nach der Wende der Dinge noch das geringste Übel erscheint. Im Haus ist alles zugemüllt mit Plastikbeuteln, Schachteln und undefinierbaren Gegenständen. Verdeckt sind edle alte Uhren und Antiquitäten auszumachen. Emil räumt den Müll von zwei Stühlen und bittet uns, Platz zu nehmen. Sein eigener Stuhl ist der einzige Fleck, wo man sich in dem Gewirr der Gegenstände niederlassen kann. Er beginnt:

„Mir geht es sehr schlecht. Das mit den Hunden stammt aus meiner harten Zeit, in der ich mich in meinem Schmerz gegen alle Welt zur Wehr setzen wollte. Entschuldigt, wenn ich abgehackt spreche. Ich habe lange Jahre keine Gespräche mehr geführt, außer dem Notwendigsten, um zu überleben. Mein eingefleischtes Ritual der Stärke, Gewalt und Verteidigung gegen jeden Angriff habe ich nicht mehr abstellen können. Seit einem halben Jahr bin ich schwer erkrankt und gehe dem Ende zu. Ich habe viel nachgedacht. Mein Leben ist ganz falsch gelaufen. Auf einmal interessiere mich nach langer Pause dafür, was in Spalt und der Welt vor sich geht und ich lese wieder Zeitung. Nur meiner geschiedenen Frau kann ich nicht vergeben. Dem getöteten Veit, den ich vor Jahren in meiner Fantasie schon oft umgebracht habe, leiste ich innerlich Abbitte. Er war doch auch nur ein Opfer meiner männerverzehrenden Exfrau! Keine Ahnung, wer ihn ermordet hat! Ich will nun meinen Frieden mit den Menschen machen. Nur aus meiner Höhle herauskommen, das schaffe ich wegen unmenschlicher Schmerzen einfach nicht mehr! Euch habe ich gerade genau beobachtet, als ihr mit erhobenen Armen in meiner Einfahrt standet und Angst hattet.

Da habe ich gemerkt, dass ihr gerade die Falschen seid, denen ich Schlechtes zufügen will. Besonders du, Franz Joseph, warst immer mein Freund! Dich, Schorsch, kenne ich nicht so gut, aber Du warst nie mein Feind! Euch hat das Schicksal in meine Einsamkeit und in mein Leid hineingespült. Ich war heute bei einem alten Heilpraktiker, den ich von früher kenne. Es war vor Schmerzen einfach nicht mehr auszuhalten. Er gab mir starke Mittel und machte mir klar, dass meine Tage gezählt sind. Bis jetzt wirken seine Medikamente nicht richtig, obwohl ich gleich eine doppelte Dosis eingeworfen habe. Ich brauche dringend Hilfe. Allein komme ich da nicht raus. Was soll ich nur mit den Hunden machen? Was mit dem Geisterhaus, welches ich mir geschaffen habe. Gut, ich könnte mich aufhängen, aber das schaffe ich einfach nicht."

Nun tritt eine lange Pause ein. Wir beide sind total überrascht. Das war genau das Gegenteil von dem, was wir erwartet hatten. Hilfeschrei statt Gewalt und Hass!

Franz fängt sich wieder und bietet seine Hilfe an. „Emil, wir bringen dich sofort ins Krankenhaus. Deine Schmerzen sind durch die Mittel deines Heilpraktikers nicht vergangen. Du krümmst dich ja richtig. Wir fahren jetzt nach Roth in die Notaufnahme. Ja, und die Hunde, hast du da eine Idee, Emil?" Er meint, dass sie viel zu gefährlich für uns sind. Wir sollen das Tierheim anrufen. Die können vielleicht auch mit solchen Hunden umgehen. Nur nicht erschießen lassen, bitte – bitte!

Emil packt laut stöhnend in tief gebückter Haltung ein paar nicht gerade saubere und dazu übelriechende Klamotten zusammen. Wir sind schon eine halbe Stunde später in der Notaufnahme des Rother Krankenhauses. Beziehungen sind Gold wert! Ein uns gut bekannter junger Arzt aus Spalt hat gerade Dienst. Er erkennt sofort die Notlage und nimmt den vor

Schmerzen fast ohnmächtigen Mann auf. Als er im Bett mit einer Infusion starker, Morphium enthaltender Medikamente weggebracht wird, versucht er, uns dankbar zuzulächeln. Das gelingt ihm aber nach so vielen Jahren des aufgestauten Hasses nicht. Es sieht eher nach einer trostlosen Verzerrung seiner Gesichtszüge aus. „Bitte kommt bald", bringt er zum Schluss mühevoll hervor.

Etwas betreten verlassen wir das Krankenhaus und suchen, so schnell es geht, das Bräustüble auf. Reni empfängt uns aufgeräumt und fast schon liebevoll. Wir werden sehen, was das immer bedeutet, denke ich mir.

Bei Bier und Bratwürsten beraten wir, was jetzt zu tun ist.

Noch völlig geplättet von dem Abenteuer, der Gefahr und der ausgestandenen Angst versuchen wir, zu entspannen. Die wundersame Wendung der Dinge können wir immer noch kaum glauben „Zwick mich mal, ist es ein Traum, aus dem ich erst aufwachen muss", bitte ich Franz. Nur gut, dass wir die richtige Witterung hatten und nicht den Kommissar eingeschaltet haben! Das hätte sich zu einer Katastrophe entwickeln können, wenn wir auch vor großen Ängsten bewahrt geblieben wären. Was wäre ihm anders geblieben, als gegen die Hunde seine Schusswaffe einzusetzen? Und was hätte sich daraus entwickeln können?

„Also zuerst", beginne ich, „müssen wir die Hunde versorgen. Es war heute wirklich die allerletzte Eisenbahn mit Emil. Ich glaube nicht, dass er noch im Stande war, sie zu füttern. Wir beide können das auf keinen Fall! Vor lauter Schiss würde ich vergehen!"

Franz überlegt. Er kenne einen Asylbewerber mit dem Namen Ruslanbek in Spalt, der kann fast alles. Es handelt sich tatsächlich um einen „Hundeflüsterer". Noch nie im Leben habe er so etwas erlebt. Franz berichtet folgende Geschichte: „Als ein wild bellender, großer Hund uns beide am Weg zu den Flaschencontainern am Bauhof attackierte, hat Beslan, wie wir Ruslanbek auch nennen, nur mit ihm geredet und das Untier hat alsbald mit dem Schwanz gewedelt."

Jetzt trinken wir erst mal aus und verdrücken unsere Bratwürste, dann probieren wir es. Also zu Beslan, der, wie meist nach der Arbeit, daheim bei seiner Frau Zarema und seinen sechs netten Kindern ist. Wenn sie ins Bett gebracht sind, lernt er deutsch oder widmet sich seinem neuen Hobby, dem Malen. Beslan ist immer bereit, zu helfen. Er fährt sofort mit zum „Spukschloss" Emils. Alles ist noch offen, was sicher seit Jahren nicht passiert ist. Die Dobermänner toben im Zwinger, als wir aussteigen. Beslan lässt uns wieder ins Auto einsteigen. Wir stören nur. Er geht leise murmelnd auf die „Höllenhunde" zu. Ein Wunder: er spricht ruhig mit ihnen in seiner Muttersprache tschetschenisch- nicht einmal auf deutsch – und Ruhe tritt ein. „Schau nur," meint Franz, „wie die Hundskrüppel mit den Schwänzen wedeln." Beslan findet schnell das noch vorhandene Hundefutter und öffnet den Zwinger, um die hungrigen „Wölfe" zu füttern.

Wir fahren zurück und sind froh, erst einmal Zeit gewonnen zu haben. Beslan geht mit ins Bräustüble. „Wie machst du das bloß?" Bescheiden meint er: „Hunde - auch nur Menschen."

Wir sprechen noch lange über unsere Erlebnisse. Beslan versteht wenig und wird immer wieder mit einfachem Deutsch auf dem Laufenden gehalten.

Als wir aufbrechen, vereinbaren wir folgendes: Beslan fährt morgen mit dem Rad nach Pleinfeld und versorgt die Hunde. Wir besuchen Emil im Krankenhaus. Ich will versuchen, das Tierheim zu erreichen, das nach Möglichkeit die Hunde aufnehmen soll. Ohne Beslan geht das wahrscheinlich nicht. Also erst nach seiner Arbeit um 17 Uhr.

Heimlich kehre ich noch einmal um und spreche kurz mit der aufgeregt wirkenden Reni. Sie berichtet von der Alibigeschichte ihres Exfreundes Frank. Er habe sie angerufen und erzählt, dass er den Kommissar überzeugen konnte, nicht für die Tat in Frage zu kommen. Er sei in der Tatnacht bei seiner Mutter im Krankenzimmer der Palliativabteilung geblieben, weil er ihr in Todesnähe habe beistehen wollen. „Das klingt ja rührend! Damit kann er mich aber nicht mehr rumkriegen!" meint sie unerbittlich. Sie habe ihm noch einmal klargemacht, dass sie ihn weder sehen noch hören wolle und er jede Annäherung zu unterlassen habe. Die Schnüffelei vor dem Wiesinger-Haus habe den Topf endgültig zum Überlaufen gebracht.

Am Sonntagabend müssen wir feststellen, dass wir, als Privatdetektive, noch nicht weitergekommen sind. Unsere kriminalistische Vorgehensweise scheint wirklich sehr laienhaft zu sein! Nur menschlich war und ist unser Weg von höchster Bedeutung. Wir konnten mehr helfen, als aufklären. Den Kommissar müssen wir nicht einmal von unserer Eskapade im Pleinfelder Wald verständigen.

Am Krankenbett Emils sieht es nicht nach Hoffnung aus. Er hat den Krebs im Bereich des Zwölffingerdarms nicht behandeln lassen und trotz unmenschlicher Schmerzen daheim ausgehalten, bis es gestern einfach nicht mehr ging. Wir kamen gerade noch recht. Die Morphium-Behandlung hat ihn jetzt erstmals seit langer Zeit schmerzfrei gemacht. Sein Redebedarf ist riesig. Erst fragt er nach seinen Hunden. Als wir die Geschichte des guten Menschen Beslan auftischen, weint er aus Rührung hemmungslos wie ein Schlosshund.

Endlich findet er wieder Worte, die sich nach ersten Stockungen wie ein Wasserfall aus seinem zahnlosen Mund ergießen:

„Ich habe schon viele Jahre nicht mehr gelacht und auch nicht geweint, so sehr hat mich der Hass zerfressen. Ach, tut das gut, weinen zu können und nicht nur Selbstgespräche zu führen. Ich will euch bestätigen, dass ich bald sterbe. Vor dem Tod habe ich keine Angst- endlich kann ich dann schlafen – unendlich! Der Arzt hat mir nicht widersprochen, als ich ihm gegenüber vom bald bevorstehenden Ende gesprochen habe. Heim werde ich nicht mehr können und in ein Pflegeheim will ich sicher nicht. Ich habe etwas von Häusern gehört, wo man menschenwürdig sterben kann. Sie sollen Hospiz heißen. Da will ich mein Leben beenden. Wisst ihr etwas davon?"

Franz ergreift das Wort und verspricht, ihm eine „Seele von einem Menschen", wie er sagt, mit dem Namen Gitti zu schicken. Sie ist Hospizhelferin und kommt immer am Dienstag ins Krankenhaus nach Roth, um den Schwerstkranken beizustehen. Er verspricht dem Totgeweihten, sie zu bitten, ihn übermorgen zu besuchen. Da werde er alles erfahren und die bestmögliche Hilfestellung erhalten.

Dann spricht Emil bewegend über sein Leben:

„Mit der Liebe immer Pech, mit dem Geld sehr viel Glück. So könnte man mein Leben überschreiben. Ich habe erst während meiner tödlichen Krankheit erkannt, dass ich einfach nicht partnerfähig war. Das Besitzdenken, das beim Geld funktioniert, zerstört jede Liebesbeziehung. Und ich wollte eine wunderbare Frau nicht als Partnerin mit mir leben lassen. Sie sollte mir gehören. Der Krebs hat mich im Inneren aufgeweckt und verändert. Mein Lebensritual mit der feindlichen Haltung gegen die Mitmenschen konnte ich nicht mehr ändern und meine restliche Zeit nicht mehr neu konzipieren. Dazu fehlte die Kraft. Nach außen habe ich mich weiter abgeschottet und nach innen wurde oft ich ganz weich. Die Nachrichten der Heimat und der Welt habe ich wieder in mir aufgenommen - nur der Versuch, noch einmal am geselligen Leben teilzunehmen, das ging nicht mehr. Eines muss ich noch schaffen, bevor ich dann gerne abtreten will: Meinen Hass gegen die Frau überwinden, die mich aber wirklich sehr gequält und mein Leben zerstört hat. Halt, das ist ja wieder die alte Betrachtungsweise! Allmählich merke ich immer deutlicher, dass ich ganz allein selbst daran schuld bin. Ich habe durch meine Eifersucht einen lieben Menschen einsperren wollen, um ihn ganz für mich zu haben. Das geht nicht! Bei all dem Unglück bin ich richtig reich geworden, weil das Spekulieren an der Börse über den PC meine Ersatzbefriedigung werden sollte. Die vielen Millionen sind kein echter Gegenwert für ein nicht gelebtes Leben - nein, nicht im Geringsten! Früher habe ich Antiquitäten und Kunst gesammelt. Ich konnte mich schon lange nicht mehr daran freuen. Das ist nicht möglich im inneren und äußeren Chaos meines Lebens im Wald. In einem Schuppen befindet sich meine Sammlung aller Spalt-Erinnerungen, die unsere Mitbürger bis in die späten Siebziger Jahre des letzten Jahrhunderts im Modernisierungswahn loshaben wollten. Es sind alte Haustüren, Wappensteine oder geschnitzte Balken mit Jahreszahlen und anderes. Die Leute haben sich damals gewundert, wenn ich für das alte „Glump" auch noch gut zahlen wollte. Vielleicht kann der Heimatverein damit alte Bausünden bei der falschen Modernisierung wenigstens ein wenig gutmachen!"

Bevor wir gehen, bittet er noch dringend darum, dass Beslan ihn heute noch im Krankenhaus besucht.

Beslan radelt am Sonntagmorgen mit seinem Fahrrad, das er aus verwendbaren Teilen der Gmünder Müllkippe selbst zusammengebaut hat, von Spalt in den Pleinfelder Wald. Den Berg hinauf nach Großweingarten schafft der Sportler ohne Mühe. Die Dobermänner erkennen Beslan schnell wieder und stellen ihr ohrenbetäubendes Gebell ein, als er durch die immer noch geöffnete Toreinfahrt radelt. Sie winseln freudig und können ihren Heißhunger an dem noch vorgefundenen Futter stillen. Beslan schließt das Tor und lässt die Hunde eine Stunde im Grundstück herumsausen und ihr Geschäft verrichten. Er überlegt, wie das weitergehen soll, denn angeblich ist Emil so krank, dass er nicht mehr heimkommen wird. Als Beslan zurück bei seiner Familie in Spalt ist, erhält er schon wieder Besuch von Franz Joseph, der es übernommen hat, ihn zu Emil ins Rother Krankenhaus zu fahren.

Am Krankenbett erleben Franz und Beslan, dass Emil erst einmal wieder eine halbe Stunde weint wie ein kleines Kind. Er ist so gerührt davon, dass ausgerechnet ein Asylbewerber mit seinen einzigen Freunden, den Hunden, freundschaftlich zu Recht kommt. Die Infusion hängt an seinem rechten Arm und befreit ihn von den Wahnsinnsschmerzen, durch die er sich, bis es nicht mehr ging, gekämpft hat. Nur, weil er die treuen Gefährten seines Hasses nicht im Stich lassen konnte! Und jetzt eine Lösung für die Vierbeiner, wenn auch erst einmal für kurze Zeit! Er ist sich sicher, dass der Asylant, als Hundefreund, auch einen Weg finden wird, dass die Hunde nicht erschossen werden müssen. Und ausgerechnet ein Ausländer wird der Engel und Retter seiner vierbeinigen Lebensabschnittsgefährten! Wieso war ich in meinem Hass gegen die ganze Welt ausgerechnet gegen Fremde besonders feindlich gesinnt?" fragt er sich laut. „Ich muss auch hier Abbitte leisten, bevor ich mich vom Acker mache."

Die Hospizhelferin kommt am Dienstag gleich zu Emil, der sie schon ungeduldig erwartet und aufgeregt empfängt. Sie verspricht ihm, sich um sein Anliegen zu kümmern, soweit sie es kann. Sie erzählt von den zwei Hospiz-Einrichtungen in Nürnberg und von Schwester Annegret oder Anne, wie sie genannt wird. Sie ist eine ihrer Bekannten, hat ein großes Herz und ist ein einziger Segen für die Sterbenden. Noch im Krankenzimmer telefoniert sie mit Anne, die sie informiert, dass gerade ein Platz frei geworden sei. Emil könne nach zwei Tagen aufgenommen werden, wenn die technischen und rechtlichen Vorbereitungen bis dahin geklärt sind.

Seine Hunde werden noch für eine Woche täglich von Beslan gut versorgt und entwickeln sich zwar nicht gerade lammfromm aber werden doch vermittelbar. Über die Zeitung finden sie eine gute Aufnahme bei einem Bauunternehmer aus Georgensgmünd. Die Übernahme der Dobermänner wäre ohne Beslan aber fast doch noch schiefgegangen. Erst als der neue Besitzer den „Hundeflüsterer" in den Pleinfelder Wald holt, beruhigen sich die wilden Gesellen und lassen sich mitnehmen. Ohne Beslan geht es noch eine ganze Weile nicht, bis sich die Tiere an ihre neue Rolle als einigermaßen friedliche Zeitgenossen gewöhnen.

Bei meinem nächsten Besuch im Krankenhaus klärt mich Emil über den mysteriösen Anruf auf meinem AB mit dem wüsten Hundegebell auf. Er habe in der Zeitung alles über den Mord gelesen. Ihm war klar, dass die Luis ihn ins Spiel bringen würde. Er wollte mit dem Anruf verhindern, dass sich jemand in seine Nähe wagt. Irgendwie glaubte er, seine Dobermänner könnten ihn auch über Telefon vor den Menschen schützen.

Bald siedelt er um in ein Nürnberger Hospiz, wo er noch einmal richtig auflebt. Seine letzte, große Liebe gilt Schwester Anne. Diesmal verläuft die Zuneigung endlich einmal glücklich, da sie platonisch ist und ihm fast ganz ohne verborgenes Besitzstreben gelingt. Seine vielen Millionen setzt er nur im Kopf ein und beherrscht sich, mit Geld Liebe bei Anne erkaufen zu wollen.

Emil lässt einen Notar ins Hospiz kommen und errichtet eine Stiftung für Flüchtlinge mit einem Kapital von etwa 17 Millionen Euro. Er gibt ihr den Namen Veit-Wiesinger-Stiftung. Anni Wiesinger kommt in den Vorsitz des Stiftungsrats. Vielleicht – so meint Emil – hilft ihr das, mit der Trauer und dem Alleinsein besser zurecht zu kommen. Aufgaben sind, wie ihm die Hospizhelferin erklärt, in dieser schwierigen Situation sehr wichtig. Emil wird in seinen letzten Erdentagen so menschlich und weich wie noch nie in seinem Leben. Beslan, der sein größtes Problem gelöst hatte, bedenkt er großzügig im Testament mit einem hohen Geldbetrag. Franz erhält seine Antiquitäten. Ich soll mir eine der wertvollen, alten Uhren aussuchen und, wenn ich will, ein Gemälde. Die Spalt-Antiquitäten erhält Heimatverein mit der Auflage, sie nicht zu verwahren, sondern mit ihnen wieder die Altstadt Spalts authentischer und kunstreicher zu gestalten. Die Annäherung an seine frühere Frau gelingt nicht mehr, obwohl Schwester Anne alles dafür in langen Telefongesprächen versucht. Die Verletzungen sitzen bei der früher von ihm Eingesperrten einfach zu tief. Mich ernennt er zu seinem Leichenredner vor einer sehr kleinen Trauergemeinde – bestehend aus Anni, Franz Joseph. Beslan, Gitti und Schwester Anne, die er nach seinem letzten Willen dazu eingeladen werden sollen. „Sonst bitte niemand!", fügt er hinzu.

Ich bekomme am nächsten Morgen telefonisch einen neuen Auftrag in meiner Tätigkeit als Trauerredner in Hamburg, was mich zunächst von dem Geschehen in Spalt wegführt. Bevor ich den Flug nach Hamburg antrete, führe ich noch ein Telefongespräch mit dem Kommissar. Keine wirklich heiße Spur! Er klingt verzweifelt und ich schiebe das ganze Problem erst mal vor mir her, bis nach meiner Trauerbegleitung in Hamburg. Ich bin heilfroh, einmal wieder andere Luft atmen zu können und mich neu zu besinnen.

Es vergehen fast zwei Wochen, bis ich mich wieder mit Franz im Bräustüble treffe. Er berichtet:

Zu den Ermittlungen meint er: Im Westen und auch in Spalt nichts Neues - wenigstens fast. Natürlich wieder die Luis. Er ist sich unsicher, ob er überhaupt darauf eingehen soll, nachdem sie als Wichtigtuerin uns doch nur in die Irre geleitet hat. Ich möchte doch das „fast" gerne wissen.

Den Emil verdächtigt sie nach wie vor als möglichen Mörder. „Seine Krankheit kann gar nicht so schlimm gewesen sein wie sein Hass", meint sie hartnäckig.

Der Kommissar sitzt lustlos am Schreibtisch in seinem Dienstzimmer des Polizeipräsidiums Nürnberg. Die Akte Wiesinger vor sich mit viel Heimatkunde und Geschichtsausführungen ohne reale Hinweise auf den Täter. Sinnlos, noch einmal darin auch nur zu blättern, denkt er sich und flieht mehr oder weniger in die Kantine. Ein Kollege begrüßt ihn mit „Salve Herkules." Herr Bauernfeind kann gar nicht lachen und findet den Witz geschmacklos. Er hätte gerne schlagkräftig dagegengehalten. Es fällt ihm nichts ein und das frustriert ihn noch mehr. Besser zurück ins Büro! Seine Sekretärin empfängt ihn mit der Nachricht, dass eine Krankenschwester aus der Palliativabteilung wegen des Alibis des Frank Bartollo angerufen habe. Er überlegt kurz und ist plötzlich wie elektrisiert. Klar, der eifersüchtige Exfreund der Bedienung des Bräustübles. Frank Soundso war doch blitzartig aus dem Feuer wegen seines sicheren Alibis zur Tatzeit - noch dazu als ein guter Mensch, der sich rührend um seine schwerkranke Mutter kümmert. Und jetzt ein Anruf wegen dessen Alibi! Da geht der Weg weiter, völlig klar! Er lässt die Verbindung wiederherstellen. Es meldet sich Schwester Ambra. " Hier Kommissar Bauerfeind, ich ermittle in der Mordsache Wiesinger. Stimmt es, dass mir Sie etwas zum Alibi Herrn Frank Bartollos in der Mordnacht erzählen können?"

„Ja, seltsame Beobachtungen habe ich schon gemacht und jetzt, als ich nach einem Urlaub in die Station zurückkam, unterhielten wir uns über den guten Menschen Frank, den alle loben. Da erst erfuhr ich, dass die Polizei sich für sein Alibi genau in der Nacht interessiert, als ich den letzten Nachtdienst vor meinem Urlaub hatte. Ich unterhielt mich damals etwa um 9 Uhr am Abend mit Frank, als ich seine Mutter behandelte. Für Söhne, die sich so um ihre Mutter kümmern und sogar in den schwersten Stunden im Krankenzimmer übernachten, um der Mutter ganz nahe zu sein, habe ich große Sympathie. Nur in diesem Fall wurde ich später misstrauisch. Als ich gegen 11 Uhr nach der Patientin schaute, war das Zustellbett des Sohnes leer. Vielleicht raucht er vor dem Krankenhaus, dachte ich und sah mehrmals in den nächsten Stunden nach seiner Mutter, die sich auffallend schnell gefangen hatte. Bis vielleicht 2 Uhr war Frank nicht im Zimmer. Etwa eine halbe Stunde später lag er im Zustellbett und schien fest zu schlafen. Etwas zu rasch und heimlich! Mir fiel auf, dass sich vor dem Kleiderschrank eine Wasserlache gebildet hatte. Komisch! Als ich wieder nach der leidenden Mutter sah, war er wach. Ich öffnete den Schrank, in den er seine patschnassen Kleider unordentlich hineingefeuert hatte. Da kam also die Wasserlache her! Ungefragt sprudelte er los, dass er bei dem Regen nach seinen Tieren sehen musste, weil das Gatter offen gewesen sei. Ich dachte an Schafe oder Ziegen und gab mich zufrieden. Erst jetzt kam es mir, dass da wohl etwas nicht stimmte. Seine Mutter befand sich am Abend zunächst noch in einem etwas kritischen Zustand und hätte den Beistand ihres Sohnes nötig gehabt. Er war aber verschwunden. Ihr Zustand besserte sich – Gott sei Dank - und sie fiel in einen tiefen Schlaf. Das Verhalten Franks kam gut bei den anderen an, die nicht mitbekamen, dass er sich stundenlang heimlich davongemacht hatte. Sehr eigenartig kam es mir auch vor, als ich sah, wie er sich nach unserem Gespräch seine nassen Klamotten überzog und fast fluchtartig das Krankenzimmer verließ, ohne sich um seine Mutter zu kümmern. Jetzt, nachdem ich von der bösen Tat gehört habe, ist mir sein Verhalten in der Mordnacht nicht geheuer."

Der Kommissar unterbricht die Schilderung der Krankenschwester kein einziges Mal und wird immer hellhöriger. Jetzt will er doch noch einiges wissen." Ist die Mutter wieder nach Hause entlassen? Hat Frank etwas von Spalt erwähnt?" „Ja, angeblich wird die Mutter wieder daheim von Frank und seiner Schwester gepflegt, was sie bei den ersten Unterhaltungen im Stationszimmer erfahren habe. Und tatsächlich habe Frank bei der Erklärung der nassen Kleider etwas von Spalt gemurmelt, wo er seine Tiere halte." „Schwester Ambra, herzlichen Dank für ihre wichtigen Hinweise. Kann ich heute noch kurz zu Ihnen kommen, um ein Protokoll aufzunehmen? Vielleicht fällt Ihnen noch etwas ein? Jede Einzelheit kann wichtig sein."

Er atmet tief durch und ist endlich wieder in seinem Element: handfestes Eifersuchtsmotiv und falsches Alibi! Der Staatsanwalt wird sicher rasch einen Haftbefehl beantragen, wenn noch die Geschichte mit den Schafen oder Ziegen, die der Verdächtige angeblich in oder bei Spalt hält, aufgeklärt ist. Und dann hört der Spott in der Polizeikantine über Herkules und die Heiligen hoffentlich auf! Erst will er die Frage klären: Hält der Täter vielleicht wirklich Schafe oder Ziegen in oder bei Spalt oder ist ihm schnell eine Ausrede eingefallen? Das ist leicht in der Nachbarschaft, bei der Mutter oder der Schwester Franks herauszufinden. Schon nach wenigen Minuten hat er drei telefonische Antworten, die ausschließen können, dass Frank jemals etwas mit Schafen, Ziegen oder anderen Haustieren zu tun hatte.

Der Staatsanwalt ist hocherfreut, dass endlich ein Ermittlungserfolg vorliegt und will die sofortige Festnahme Bartollos, damit er morgen dem Haftrichter vorgeführt werden kann. Das Zeugenprotokoll der aufmerksam beobachtenden Krankenschwester ist schnell im Kasten. Der Kommissar holt sich Verstärkung durch einen uniformierten Beamten und fährt zur Festnahme bei Frank Bartollos Firma vor, wo dieser als Ingenieur oder

Techniker angestellt ist. Telefonisch wird er an den Eingang beordert, ohne dass der Pförtner etwas von Polizei verlauten lassen solle. Es dauert eine viertel Stunde, bis Frank endlich erscheint. Der Gedanke, er könnte Lunte gerochen und einen Nebenausgang zur Flucht benutzt haben, drängt sich, wenn auch unausgesprochen, auf. Dann endlich der erste Ermittlungserfolg in dieser verfahrenen Sache:

„Herr Frank Bartollo, Sie sind vorläufig festgenommen!

„Sie stehen unter Verdacht, Herrn Wiesinger in der Nacht von Mittwoch auf Donnerstag vor 2 Wochen umgebracht zu haben. Ihr Alibi ist falsch. Sie fuhren in der Regennacht nach Spalt. Ich darf Sie kurz über Ihre Rechte aufklären: Sie haben ein Aussageverweigerungsrecht und können einen Rechtsanwalt ihres Vertrauens einschalten. Es ist anzunehmen, dass der Staatsanwalt Haftbefehl gegen Sie beantragt und Sie morgen dem Haftrichter vorgeführt werden. Sollen wir jemand von ihrer Festnahme verständigen? Sie können auch selbst jetzt noch mit ihrem Handy in unserer Anwesenheit Gespräche führen, bis Sie ihr Mobiltelefon abzugeben haben."

Frank reagiert erstaunlich überlegen und gefasst. Er ruft nur seine Schwester wegen der Versorgung der Mutter an, sowie seinen Chef und verbreitet Zuversicht, bald frei zu kommen. Auf dem Weg ins Polizeipräsidium ist er gesprächig und möchte am liebsten ohne Rechtsanwalt losprudeln. Das verbietet der Ernst des Mordvorwurfs, wie man ihm deutlich macht. Noch vom Polizeiwagen aus lässt er einen mit ihm seit der Schulzeit befreundeten Anwalt informieren und ins Präsidium bitten. Bald kann er sich mit ihm beraten und signalisiert anschließend den Beamten volle Aussagebereitschaft. Der Rechtsanwalt hört sich die etwas abenteuerlich klingende Geschichte an und rät sofort, " die Hosen herunterzulassen". Die Wahrheit klingt zwar unwahrscheinlich, aber kann nicht wirklich widerlegt werden.

Glaubt man ihm oder nicht, das ist hier die Frage. Die ganze Geschichte ist so angelegt, dass es zur Verurteilung durch einen klassischen Justizirrtum kommen kann, meint der Anwalt. Und da kann es gefährlich werden, wenn die Zusammenhänge nur stückchenweise gelüftet werden. Der Kommissar Bauernfeind ist überrascht, als er schon am Nachmittag - noch vor dem Haftrichter - die erste Beschuldigtenvernehmung vornehmen kann.

Nach den üblichen Belehrungen beginnt der Mann mit seinen Personalien:

„Frank Bartollo, 49 Jahre alt, geschieden, Techniker, wohnhaft, Fritzenweg 7, Roth, belehrt und aussagebereit. Ich bin nicht der Täter, muss aber einräumen, dass vieles gegen mich spricht.

Zuerst gestehe ich, dass mein moralisch klingendes Alibi in wesentlichen Teilen von mir gefälscht wurde. Ich hoffte, dass mir das vorgetäuschte Alibi eine Weile über falsche Verdächtigungen hinweghelfen könnte. Ich war es ja nicht! Mir war klar, dass ich sehr schlechte Karten habe, wenn man mir erst einmal auf der Spur wäre. Klar, da haben wir ihn! Ohne die Aussage der Nachtschwester hätten die Behörden richtig Dampf machen müssen, um nach dem richtigen Täter zu fahnden. Wären sie fündig geworden, wäre mein gefälschtes Alibi nur noch Makulatur. Jetzt wird es schwer für mich, weil wohl die meisten Ermittler der Welt bei dieser leider vorliegenden scheinbaren Beweislage überzeugt wären, den Täter gefasst zu haben. Mit diesem, wenn auch falschen Ergebnis, können sie sich zufrieden zurücklehnen. Sie haben ihren Job getan. Darf ich weiter im Zusammenhang berichten?

Ich sehe Zustimmung, danke. Es entspricht der Wahrheit, dass ich meine Mutter in die Palliativabteilung des Rother Krankenhaus gebracht habe. Ich befürchtete ihren nahen Tod noch in der Nacht und wollte bei ihr bleiben, um ihr beizustehen. Jetzt geht es ihr Gott sei Dank wieder besser. Ich hatte zunächst keine anderen Gedanken, bis ich merkte, dass sie ruhig atmete. Mir schien, dass durch die Wirkung der starken Medikamente meine Anwesenheit in ihrem Krankenzimmer für die nächste Stunde nicht unbedingt erforderlich war.

Es würde wohl auch niemand merken, wenn ich mich mal für eine Zeit nicht im Krankenzimmer aufhalten würde. Da stand mein Plan wieder auf, dem Wiesinger aus Spalt einen Denkzettel zu verpassen, weil er mich so schwer verletzt hat. Bei der Sorge um meine Mutter waren diese aggressiven Gedanken zunächst in den Hintergrund getreten. Ja, ich bin wahnsinnig eifersüchtig, was auch das große Problem mit Reni ist. Ein Mord war mir so fern wie der Mond! Aber so einfach hinnehmen, konnte ich es nicht, dass der Veit vorgestern eine Liebesnacht mit meiner Reni verbrachte. Vor seinem Haus tigerte ich in der Kälte der Nacht auf und ab und wartete sehnlichst darauf, meine Schöne nach einem kurzen Besuch wieder herauskommen zu sehen. Nein, sie blieb die ganze Nacht in seinen Armen! Gut, wir sind jetzt total getrennt und kein Paar mehr, weil sie von meiner Schnüffelei erfuhr und mich endgültig verbannt hat. Gerade am Montag, waren wir aus meiner Sicht so weit, Versöhnung zu feiern und da sucht sie ihren früheren Liebhaber auf. Er ist doch viele Jahre älter als wir! Wenn er auch vor längerer Zeit intim mit Reni war, muss er doch nicht wieder damit anfangen! Seine Frau auf Reha vertraut ihm sicher. An dem Mittwoch, als Veit ermordet wurde, dachte ich, ich muss dem Veit mit einer Abreibung klarmachen, dass er seine Griffel von Reni lassen muss. Mehr als eine blutige Nase wollte ich nicht einsetzen. Eigentlich hatte ich vor, schon am Dienstag nach dem Stammtisch meiner Eifersucht nachzugeben und mich bei dem alten Lüstling zu rächen. Es waren so viele Menschen unterwegs, die vom Stammtisch heimliefen, dass ich meinen Plan verschob.

Am Mittwoch, als ich neben meiner wieder ruhiger atmenden Mutter lag, fiel mich mein unsäglicher Eifersuchtswahn mit voller Wucht an. Der Regen schien dazu zu passen. In einer Stunde wäre ich zurück im Krankenhaus gewesen. Natürlich wusste ich, dass Veit etwa ab 10 Uhr das Bräustüble verlassen würde. Ich kenne seine Gewohnheiten, weil ich doch jahrelang meine Freundin Reni nach ihrem Dienst abgeholt habe. Also fuhr ich nach Spalt und wartete in einem Versteck vor Veits Haus. Dass es so stark regnen würde, hätte ich nicht erwartet. Aber jetzt war das so und das Unwetter war ja auch ein Straßenfeger, der keine Menschen im Freien auf Straßen und Gassen vermuten ließ. Ich warte und warte - kein Veit zu sehen. Das Wasser läuft mir schon in die Schuhe. Es wird sehr spät. Er ist doch ganz sicher noch nicht im Haus. Es wird zwei Uhr. Vorsichtig mache ich mich auf den Weg, den er zwangsläufig vom Bräustüble aus heimgehen muss. Da der Schock: Vor dem Spalatin-Denkmal liegt etwas wie ein menschlicher Körper im starken Regen. Aus meiner Aggression wird sofort ein Hilfeimpuls. Ich erkenne Veit, versuche, ihn aufzuheben, bis ich merke, dass er tot ist. Sein Geldbeutel ist ihm bei dem Sturz aus der Hosentasche gerutscht und liegt am Boden. Ich stecke ihn reflexartig in seine Manteltasche. Erst dann wird mir bewusst, dass ich meine Spuren hinterlassen habe. Siedeheiß wird mir, als ich mir vorstelle, alle Voraussetzungen für die Überführung als Täter geliefert zu haben. Ein Fall von Justizirrtum der Sonderklasse! Schnell zurück ins Krankenhaus. Mit einem sicheren Alibi wird man mich nicht verdächtigen und wird den richtigen Mörder finden! Die Nachtschwester war mein einziges Risiko, weshalb ich die Geschichte mit den Tieren erfand und dem offenen Gatter. Ich dachte bis zur Festnahme, dass sie mir auf den Leim gegangen war. Jetzt kann ich nur noch mit der reinen Wahrheit aufwarten. Vielleicht glaubt mir jemand?"

Der Kommissar ist wie geplättet. Eine Einlassung, wie diese, hat er noch nie gehört. Er ist sich nicht sicher, ob dies der Gipfel des Raffinements oder der Naivität ist. Jedenfalls gibt es keinen Zweifel am sogenannten dringenden Tatverdacht, der genügt, um den Haftbefehl zu bekommen.

Der Staatsanwalt spielt mit und stellt den Antrag. Vor dem Ermittlungsrichter wiederholt der Beschuldigte seine ungewöhnliche Aussage und findet damit auch hier keinen Glauben, sondern erregt nur Staunen. Frank Bartollo rechnet nur vage mit einer anderen Entscheidung und weiß, dass er in äußerster Gefahr ist, wegen Mordes verurteilt zu werden.

Seine hinterlassenen Spuren an der Kleidung des Ermordeten und auch die Fingerabdrücke an der Geldbörse werden festgestellt und aktenkundig gemacht. Entlastend ist das nicht gerade. Die Spuren an den fast leeren Geldbeutel beflügeln erneut die Theorie des Kommissars vom Raubmord. Hier muss noch weiter ermittelt werden.

Die Nachricht, dass der Mörder Veit Wiesingers dingfest gemacht ist, schlägt in Spalt ein wie eine Bombe. Es sei der Freund oder Exfreund Renis vom Bräustüble, die allgemein im Städtchen bekannt und beliebt ist. Er sei nicht geständig, heißt es.

Eine Welle der Empörung geht durch die Reihen. Unseren Professor umzubringen, das muss geahndet werden - mit der Höchststrafe! Reni befürchtet Aggressionen, die sich gegen sie persönlich richten könnten. Kein Mensch weiß so richtig, was da los war und die tollsten Gerüchte verbreiten sich wie kriechende Ungeheuer: Sie soll auch mit drinhängen und es gehe um viel Geld.

Sie bleibt lieber in ihrer Wohnung in Roth und meldet sich im Brauereigasthof ab, was dort voll akzeptiert wird. Alles ändert sich: Der Friede in der gemütlichen Bierecke Frankens ist gestört – die Aushilfe im Bräustüble bringt nicht annähernd die alte Behaglichkeit. Gähnende Leere! Misstrauen ist Trumpf.

Franz und ich, wir wissen etwas mehr. Wir werden vom Kommissar telefonisch in die Einzelheiten eingeweiht und kennen die Zusammenhänge. Irgendwie passt alles nicht zusammen. Wir können nicht an die Täterschaft Frank Bartollos glauben. Vor allem passt die Art der Gewalt mit einem Prügel oder einer Keule nicht zu dem dringend der Tat Verdächtigen. Unsere Bedenken teilt sogar der Kommissar, dem die Einlassung des Beschuldigten nicht ins Zeug passt. Auch er würde sich nicht wundern, wenn plötzlich ein ganz anderer Täter aus dem undurchdringlichen Gewirr auftaucht. Wir halten uns zurück mit unseren Zweifeln. Vor allem wollen wir die trauernde Witwe Anni nicht belasten mit der Information über eine letzte Liebesnacht ihres Mannes, die nicht ihr galt. Wichtig in all den Irrungen und Wirrungen ist natürlich wieder die Luis. Ein Glück nur, dass sie lange Zeit nicht weiß, dass der Mann, der neben ihr das Haus Wiesinger am Montag vor der Tat überwachte, der Exfreund Renis war! Wir versuchen sie auf eine falsche Spur zu bringen und weihen sie in unsere Zweifel über die Täterschaft des Inhaftierten ein. Vor allem schärfen wir ihr ein, dass Anni nichts von der Liebesnacht Veits mit Reni erfahren dürfe. Natürlich fällt es ihr schwer, gerade eine so „schöne Neuigkeit" nicht verbreiten zu dürfen. Sie ist weiter auf dem Kiwief und hält sich geheimnisvoll bedeckt, um damit noch mehr Aufmerksamkeit zu erregen. Natürlich ist sie mit ihren Sinnen überall, wo es etwas zu erfahren geben könnte. Sie geht jeden Tag auf den Friedhof – nicht aus Pietät – nein nur um zu sehen, wer dort auftaucht. Sie berichtet, dass die Anni nicht jeden Tag zu sehen ist, aber der brave Bartel, der immer inbrünstig am Grab Veits bete. Aber der komme ja als allerletzter für die Tat in Frage. Er ist einfach ein sehr frommer Mann. Luis versucht es häufig, mit ihm ins Gespräch zu kommen. Kein Wort hört man von ihm, dem großen Schweiger. Wahrscheinlich war er ein besonderer Verehrer Veits und ist jetzt so treu, meint sie mit Nachdruck. Wenn er nicht so ein guter und frommer Mensch wäre, käme er auch nicht zum Rosenkranzbeten, wo sie ja als Vorbeterin eingesetzt ist. Wir müssen lachen, denn diese bedeutende alte „Neuigkeit" ihrer Ehrenfunktion ist von ihr reichlich verbreitet.

Ich kenne zwar Bartel vom Sehen als einen großen, in sich gekehrten jungen Mann und möchte jetzt doch mehr von Franz über ihn erfahren.

Franz beginnt etwas widerwillig mit dem Einleitungssatz:

„Ja -Bartel, wie er hier genannt wird, heißt natürlich Bartholomäus und er kommt als Täter auch meiner Meinung nach nicht einmal in die weitere Wahl. Da gebe ich ausnahmsweise der Luis Recht. Er ist ein rechtschaffener Mann, der noch nie mit Aggressionen aufgefallen ist. Halt, ich berichtige mich. Vor mehreren Jahren soll er einen Opferstockräuber, den er angeblich in Sankt Emmeram gestellt haben will, unmäßig zusammengeschlagen haben. Bartel war damals so empört, dass in seiner Kirche gestohlen werden solle, dass bei ihm alle Sicherungen durchbrannten. Etwas undurchsichtig blieb die Geschichte, weil der angebliche Dieb nie gestanden hat, etwas mit dem Opferstock im Sinn gehabt zu haben. Er habe sich nur in der Kirche vor dem Regen unterstellen und aufwärmen wollen. Der Verprügelte hatte keinen guten Leumund im Gegensatz zu Bartel. In seinem heiligen Zorn kann dieser etwas zu weit gegangen sein. Das ist schon möglich. Er betrachtet die Nikolaus- und auch die Emmeram-Kirche in Spalt als seine ureigenen Heiligtümer. Da ist er daheim! Eine Messe ohne ihn ist in Spalt kaum vorzustellen. Er war früher Aushilfs-Messner und ist immer noch gerne als Kirchendiener tätig, wenn ihn der Pfarrer braucht. Die Kirchenschlüssel ließ man ihm, weil er immer –

manchmal auch in der Nacht – zum Beten in eine seiner Kirchen geht.

Bartel ist ein armer Kerl. Er hat nur geringe geistige Gaben und ist vielleicht autistisch zu nennen, wenn ich das richtig interpretiere. Er spricht fast nie ein Wort. Seine Mutter starb, als er gerade seine Maurerlehre begann. Gemeinsam mit dem Vater wohnt er in einem kleinen und bescheidenen Häuschen in der Altstadt. Dieser erlitt vor Jahren einen Schlaganfall und ist seitdem ein Pflegefall. Bartel übernimmt die volle Versorgung und Pflege und lebt mit von dessen Rente. Einer Arbeit geht er schon lange nicht mehr nach. Man hat ihn auf dem Bau gehänselt als Betbruder, was er nicht ausgehalten hat. Er kommt gern auch mal ins Bräustüble und hört zu, wenn diskutiert wird. Einen Beitrag kann man von ihm natürlich nicht erwarten, weil er sowieso nichts sagt. Er trinkt immer nur ein einziges Spalter Bier am Abend und verschwindet dann unauffällig, wie er gekommen ist. Ich glaube sogar, dass er ein Verehrer Veits war und diesen regelrecht geliebt und bewundert hat. Er hing an seinen Lippen wie eine fromme Taube. Ich kann mich erinnern – ja, er war sicher auch bei den Dienstag-Stammtischen dabei".

Ich höre mir die Persönlichkeitsbeschreibung des „guten Bartel" an und denke etwas alarmiert an die Geschichte mit dem angeblichen Opferstockräuber, bei der ich kein gutes Gefühl habe.

Franz erinnert mich, dass morgen um 17 Uhr endlich die Fernsehsendung ausgestrahlt wird, die bis zum Abend am Todestag unseres Freundes aufgenommen worden ist. Wir wollen uns zusammensetzen und hoffen, dass Veit lebendig und gewandt zu sehen ist - fast so, wie er noch leibt und lebt. Per SMS wird auch den Kommissar von der Ausstrahlung des Beitrags informiert, wie versprochen.

Wir treffen uns in meinem Turm. In der ersten Etage habe ich mein kleines rundes Wohn- und Studierzimmer, wo auch der Fernsehapparat hinter einer alten geschnitzten Türe verborgen werden kann. Das Feuer im Kaminofen brennt. Ich habe eine Flasche Rotwein geöffnet und Walnüsse vom Nachbarbaum in einer Schale bereitgestellt. Die Sendung nehme ich auf. Wir schauen schon 10 Minuten vor Beginn des heiß erwarteten Berichts in die Röhre, wo im Bayerischen Fernsehen wenig interessante Diskussionen über die Ernte nach dem trockenen Sommer laufen. Endlich beginnt unsere Sendung: Neues und Altes aus Spalt. Zuerst das Hopfen Bier Gut im alten Kornhaus. Der Bürgermeister verbreitet mit großem Optimismus, welche Besucherzahlen er erwartet. Die gute Unterbringung und Aufnahme von Asylsuchenden in der Stadt wird gezeigt und gelobt. Jetzt endlich unser Veit vor dem Spalatin-Denkmal. Eloquent weist er auf das große Interesse hin, das während der laufenden Reformationsdekade zum 500-jährigen Jubiläum auch die Heimat des großen Sohnes der kleinen Stadt belebt. Touristen aus der ganzen Welt werden in den nächsten Jahren erwartet, oder wenigstens hofft man hier auf sie. Es folgt eine neue Einstellung in der Emmeram-Kirche. Die Spalatin-Madonna wird von Veit lebendig erklärt und gewürdigt. Er weist dann auf die 12 Apostel hin, die als gute Arbeit der Barockzeit gelten und die sonst ziemlich kahlen Wände und Säulen des barocken Kirchenraumes zieren. Meist werden die großen Apostelfiguren überhaupt nicht beachtet. Kurz geht er auf die Darstellung von brutalen Grausamkeiten, die auch bei den Apostelfiguren zu sehen sind, ein. Ausgerechnet im Christentum, das sich auf den gewaltfreien Wanderprediger Jesus gründet, werden die schlimmsten Torturen in der Kirchenkunst gezeigt. Er macht Halt bei der Figur des Apostels Bartholomäus, der bei lebendigem Leib gehäutet wurde.

*Apostel Bartholomäus in Sankt Emmeram, Spalt*

Der barocke Bildschnitzer hängt ihm seine abgezogene Haut locker über den Arm. Veit macht sich Gedanken, ob etwa auch solche Darstellungen zu den vielen Grausamkeiten in der Geschichte des Christentums angeregt haben könnten.

Ein kurzer und unbeabsichtigter Schwenk zur Orgelempore elektrisiert mich.

„Mensch Franz, hast du das nicht gesehen, oder täusche ich mich? Ich bin als Kirchen- und Stadtführer einer der wenigen genauen Beobachter der Heilgenfiguren in den Kirchen und kenne mich mit den Attributen aus, an denen die Dargestellten erkannt werden können. Es macht mir einfach Spaß, erkennen zu können, wen da der Bildhauer abbilden wollte. Ganz früher waren das einfach irgendwelche Figuren auch für mich. Gleich neben dem „gehäuteten Bartel", wie man hier Bartholomäus nennt, ist der Apostel Judas Thaddeus zu sehen. Links an der Orgelempore ist er und an der rechten Seite sein Bruder Simon zu erkennen. Zwei Apostel, die nach der „legenda aurea" Vettern Christi gewesen sein sollen, gehören in der Kirchenkunst immer zusammen. Simon Zelotes zeigt als Attribut eine große Säge, mit der man ihn massakriert hat.

Der Bruder heißt Judas – nein nicht Ischariot - der sich als Verräter seines Herrn aufgehängt hat. Allgemein ist dieser der Einfachheit halber als der Judas bekannt. Es gibt jedoch unter den Jüngern einen zweiten Judas. Er trägt den Beinamen Thaddeus, was ich schon erwähnt habe. Ein großer Prügel, mit dem er erschlagen wurde, ist sein Attribut. In der Kunst wird er immer mit der großen Keule dargestellt." „Ja, und?" - wendet Franz ein.

„Die Keule fehlt! Bei dem Schwenk auf Judas Thaddeus, kein Prügel! Mensch Franz, die Tatwaffe soll doch eine große Keule gewesen sein!" Franz runzelt nur nachdenklich die Stirn. „Mann, rufe ich aus: Der Fernsehfilm wurde doch am Tag der Ermordung Veits gedreht. Und da fehlt die Keule des Heiligen. Wir suchen doch schon lange die Tatwaffe, die nach der Aussage des Gerichtsmediziners eine große Keule gewesen sein soll. An die Kirchenkunst haben wir nie gedacht."

Franz ist jetzt auch ganz aufgeregt. Er hat es nicht genau gesehen und ich bin mir auch nicht sicher, ob ich mich getäuscht haben könnte. Eine Keule als Tatwaffe spukt seit dem Beginn der Ermittlungen nicht nur in unseren Köpfen herum. Dass diese ausgerechnet in einer Kirche als Attribut eines Heiligen sein könnte, schien ausgeschlossen. Herkules war dem im Wege. Ein Glück, dass ich die Sendung aufgenommen habe! Wir sehen uns noch einmal den Schwenk an und lassen bei dem Bild anhalten. Tatsächlich, aber leider ziemlich unscharf: der Apostel Judas

Thaddeus ist seiner Keule entblößt. Das sagt noch nichts. Beruhigen wir uns, aber sehr seltsam ist es schon!

„Franz, wir müssen unbedingt sofort in die Emmeram-Kirche und nachsehen, ob Judas Thaddeus seine Keule in der Hand hält. Wenn ja, dann war der Prügel vielleicht vom Mörder ausgeliehen! Und natürlich konnte niemand die Tatwaffe finden, wenn sie dem Heiligen zurückgebracht ist." Die Kirche ist leider schon zugesperrt, als wir sie kurz danach im Laufschritt erreichen. „Franz, Du bist doch im Pfarrgemeinderat. Hast du keinen Kirchenschlüssel?", frage ich aufgeregt. „Mensch, wir haben endlich eine brauchbare Spur und stehen vor der verschlossenen Kirchentüre!" Franz kennt natürlich den Messner, der ungewöhnlich früh am Abend abgesperrt hat. Er ist nicht daheim. Unsere Spannung wird immer unerträglicher. Der Pfarrer hat doch sicher auch einem Schlüssel, resümieren wir. Auch ausgeflogen!

Schließlich vertagen wir wohl oder übel unsere Nachforschungen auf den morgigen Tag. Franz meint, dass die Kirche immer um 9 Uhr aufgeschlossen wird. Wir stehen schon fast eine halbe Stunde vorher, leicht fröstelnd, vor der versperrten Türe.

Endlich fährt das Auto des Messners auf den Parkplatz. „Wo warst du bloß," empfängt ihn Franz. Er habe seine Schwester besucht, wo er über Nacht geblieben sei. Das war auch der Grund, gestern die Kirche etwas früher als sonst zu schließen. Der Messner bemerkt noch zur Entschuldigung: Bei dem Wetter gestern kam ja keiner mehr"!

Kaum ist der große Kirchenschlüssel umgedreht, stürmen wir ins Innere. Der Messner ruft uns noch überrascht nach: „Was habt ihr nur verbrochen? Beichten könnt ihr erst später, wenn der Hochwürden aus den Federn ist."

Tatsächlich, Judas Thaddeus hält seine Keule seelenruhig in der Hand. Auffällig erscheint uns, dass die Waffe offen in seiner Rechten ruht und jederzeit herausgenommen werden kann. Der Heilige scheint den Prügel für Sonderaktionen geradezu anzubieten. Man braucht auch keine Leiter, weil die Figur unmittelbar an der Orgelempore angebracht ist.

*Die barocke Figur des Apostels Judas Thaddeus in der Emmeram-Kirche*

„Franz, wir haben die Tatwaffe," rufe ich aufgeregt. Er zweifelt noch. „Es gibt doch noch andere Möglichkeiten", meint er misstrauisch. „Welche nur, überlege doch bloß?" Wir sprechen gleich den Messner an, der uns aufmerksam aber argwöhnisch bei unserer seltsamen Aktion beobachtet. „Hast du in der letzten Zeit vielleicht die Keule vom Judas mal herausgenommen?"

Er schüttelt nur den Kopf und zweifelt noch mehr an unserem geistigen Zustand.

„Ihr könnt doch nicht so früh am Tag schon betrunken sein! Der Heilige steht da schon seit 300 Jahren, ohne sich zu rühren. Die Keule ist mir noch nie aufgefallen. Ich glaube, dass der Prügel noch niemanden interessiert hat."

Franz rennt auf die Orgelempore. Vom rechten Eck bewegt er die Keule etwas. Sie ruht wirklich ganz locker in der Hand des Apostels.

Ich erwidere laut und aufgeregt: „Finger weg, du verwischt ja die Spuren. Die Keule muss sofort ins Labor, um DNA Spuren des Täters und Opfers sicher zu stellen."

Der Messner schüttelt den Kopf. „Die sind verrückt geworden", murmelt er, als er die weiteren Türen der Kirche aufsperrt.

Wir setzen uns auf eine Bank und beratschlagen mit dem Ergebnis, dass jetzt der Zeitpunkt gekommen sei, den Kommissar einzuschalten. Das Telefonat übernehme ich sofort aus der leeren Kirche. Die Nummer des Beamten ist in meinem Smartphone schon eingespeichert. Er ist auch gleich erreichbar.

„Herr Bauernfeind, wir haben die Tatwaffe", sprudle ich hervor. „Wenn es Frank Bartollo wirklich war, hat er ganz sicher seine DNA hinterlassen. Dann ist er leicht zu überführen und seine konstruierte Geschichte wird bald der Vergessenheit angehören. Dazu erwarte ich, dass auch das Opfer bei dem gewaltigen Schlag auf den Kopf Haare und sonstige Spuren auf der Keule hinterlassen hat. Sie müssen sofort nach Spalt kommen, um die Keule ins Labor zu bringen, damit sie untersucht werden kann."

Er bittet mich, der Reihe nach zu berichten.

Ich beginne mit der Sendung, die gestern vom Bayerischen Fernsehen ausgestrahlt wurde. Franz Joseph Messerer und ich haben sie gemeinsam gesehen und gespeichert. Die Aufnahmen stammen vom Todestag Veits. Er tritt im Spalt-Report als Fremdenführer in der Emmeram-Kirche auf. Bei einem ganz kurzen Schwenk der Kamera können wir feststellen, dass der Apostel Judas Thaddeus sein Attribut, eine große Keule, mit der er einst als Märtyrer erschlagen wurde, nicht in der Hand hält. Wir haben die aufgenommene Sendung noch einmal angesehen und konnten uns davon überzeugen. Gerade sind wir in der Emmeram-Kirche und stellen fest, dass der Heilige wieder seine Keule in der rechten Hand hält. Wir kombinieren, dass der Täter sich das Attribut des Apostels für die Tat nur ausgeliehen hat. Das mit dem Bild der großen Keule war doch nicht so dumm, füge ich noch etwas rechthaberisch an. Eigentlich hätte es uns längst auf die Spur leiten und echte Beweise liefern können. Nur denkt man bei den Gedanken an die Mordwaffe nicht an eine altehrwürdige Kirche. Die lebensgroße Figur des Apostels Judas Thaddeus wird unter den 12 ähnlichen Skulpturen, die den Kirchenraum zieren, kaum beachtet. „Fragen Sie nur einen einheimischen Katholiken, der seit Kindesbeinen zur Messe in die Emmeram-Kirche geht, nach Judas Thaddeus und woran man ihn erkennt. Er wird ihn kaum kennen!"

Der Kommissar hält die ganze Geschichte mal wieder für blanken Unsinn. „Herr Hintersass, meint er, wir sind im Zeitalter der digitalen Vernetzung und haben modernste Ermittlungsmethoden. Sie haben mich schon mit Herkules und den seltsamen Keulenbildern auf den Leim geführt. Im gesamten Polizeipräsidium lacht man über meine antiken Keulenbilder. Und jetzt ein

Heiliger oder Apostel. Nein! Außerdem hat sich Judas aufgehängt und wurde nicht mit einer Keule erschlagen, soviel weiß ich noch aus dem Konfirmationsunterricht." Er legt verärgert auf.

Wir bleiben wie verdutzt in der Kirche sitzen und sehen uns die Heiligen näher an.

Ich hätte sowieso auf eine Kirchenführung des Kommissars verzichtet und ihn nicht damit belästigt, dass es zwei Jünger mit dem Erstnamen Judas gegeben hat. So gut kannte ich schon den Widerwillen des nüchternen Beamten. Gerne würde ich in meiner Rolle als Fremdenführer eine kleine Lektion über die „Heilige Sippe" erteilen: Mit den drei Marien, welche Anna, die Großmutter Christi, in ihren drei nacheinander folgenden Ehen geboren hat. Altäre mit der gesamten „Heiligen Sippe "gibt es häufig – auch im nahen Schwabach. „Wenigstens kurz für Dich, Franz: „Nach der Heiligengeschichte waren Judas Thaddeus mit der Keule und Simon mit der Säge Söhne einer der drei Marien - also Halb-Vettern von Christus. Als Brüder werden sie nach der üblichen Ikonographie immer nebeneinander dargestellt - auch hier bei uns links und rechts der Orgelempore. In der Legenda Aurea, die erst etwa tausend Jahre nach Christi Geburt aufkam und ab dem Mittelalter zum allgemeinen Wissensstand der Kirchenleute wurde, steht das alles ganz genau. Die gesamte Verwandtschaft von Jesus mit allen Namen. Wer sich für Kirchenkunst der alten Zeiten interessiert, muss davon wissen. Sonst stehst du wie der Ochs vorm Berg vor den Altären. Darf ich wenigstens dir, lieber Franz, später einmal den Altar der Heiligen Sippe in Schwabach zeigen? Oder noch besser den in Neustadt an der Orla, wo der Freund Spalatins, Lucas Cranach, einen noch viel schöneren Altar zum Thema der Heiligen Sippe hinterlassen hat?"

Es ist ein großer Schock für uns beide, dass der Kommissar einfach aufgelegt hat. Jetzt sind wir endlich auf der Spur. Vielleicht schlägt der Kommissar unsere sensationelle Entdeckung ganz in den Wind und unterlässt die dringend erforderliche Labor-Untersuchung! Wie soll ich ihn nur überzeugen, dass wir nicht voll des süßen Weines, sondern nahe an der Aufklärung des Mordes angekommen sind. Eine Tat, bei der die Polizei mit den modernsten Methoden noch im Trüben fischt. Seinen Ermittlungserfolg mit der Inhaftierung Frank Bartollos kann er vielleicht jetzt schon vergessen!

Wir kommen nach einer Pause von etwa einer halben Stunde überein, es doch noch einmal mit einem Anruf im Polizeipräsidium von Nürnberg zu versuchen. Unsere Entdeckung ist für uns absolut überzeugend. Also rufe ich noch einmal mit großer Vorsicht an und bestürme den Beamten:

„Herr Kommissar, ich bitte sie inständig, kommen sie sofort zu mir in den Turm. Wir sehen uns die von mir aufgenommene Sendung des Bayerischen Fernsehens an. Den kurzen Schwenk der Kamera halte ich an und sie werden sehen, dass Judas Thaddeus sein Attribut, die große Keule, nicht in Händen hält. Anschließend besuchen wir die Emmeram-Kirche und sie werden die Keule nicht nur sehen können, sondern auch mitnehmen und sofort erkennungsdienstlich untersuchen lassen müssen. Noch einmal: Ich bin mir sicher, dass an der Keule des Heiligen Spuren vom Opfer und Täter festgestellt werden. Wollen sie wirklich auf diese einmalige Möglichkeit der Aufklärung verzichten? Und der ungemeine Fortschritt mit der Digitalisierung und den modernsten Ermittlungs-Methoden stimmt natürlich, doch in Spalt gehen die Uhren immer noch anders als in der Großstadt. Hier sind die Kirchen mitten im Ort. Bitte kommen sie," beende ich meinen Ruf um amtliche Mithilfe.

Widerwillig sagt er zu. Aber er lässt sich viel Zeit und kann erst am Nachmittag gegen 15 Uhr kommen. Franz geht zwischenzeitlich seinen Geschäften nach und verspricht, am Nachmittag wieder dabei zu sein. Ich bleibe noch lange in der Kirche, setze mich auf der Orgelempore direkt neben den Judas mit der Keule und denke nach. Leider achte ich nicht darauf, als immer wieder Besucher in die Kirche kommen. Nach Stunden schleiche ich mich gedankenversunken und völlig ausgefroren heim in meinen Turm. Ich fasse neuen Mut. Ja, jetzt sind wir am Ball und der Kommissar wird mit der Aufnahme der Fernsehsendung und dem anschließenden Besuch in der Kirche überzeugt werden, denke ich mir. Mit dieser Gewissheit erwarte ich Herrn Bauernfeind und Franz um 15 Uhr. Der Fernsehreport und das angehaltene, leider unscharfe Bild des Schwenks überzeugt den skeptischen Beamten noch nicht so, wie wir gedacht hatten. Judas Thaddeus ist leider nur sehr verschwommen zu erkennen und für das ungeübte Auge des Kommissars in solchen Dingen bleiben Zweifel. Er rechnet damit, schon wieder von alten Narren in die Irre geleitet zu werden.

„Sie werden gleich die Keule sehen, und wie sie in Wirklichkeit aussieht. Wir werden sie dort finden, wo sie hingehört, aber zur Tatzeit fehlte. Sie passt genau für den schweren Schlag auf den Hinterkopf des Ermordeten."

In der Kirche erleben wir eine böse Überraschung, Die Keule ist wieder verschwunden. Wir können nur beschwören, dass sie noch vor wenigen Stunden beim Heiligen vorhanden war. Das nützt nichts, denn der nüchterne Beamte hat die Nase voll von Heiligen und ihren Attributen. Davon will er nun wirklich nichts mehr hören.

Verärgert zweifelt er noch mehr als vorher an unserem Verstand. Sind die alten Knaben vielleicht frühzeitig an Demenz erkrankt, überlegt er. Wenn diese Geschichte im Polizeipräsidium bekannt wird, gibt es ein homerisches Gelächter! „Rufen sie mich erst wieder an, wenn etwas mit mehr Realität aufkommt", meint er beim Weggehen. Mit deutlichem Kopfschütteln steigt er in sein Auto.

Wir überlegen, was schiefgelaufen ist: „Hätte ich nur auf die Besucher der Kirche geachtet, als ich heute neben dem Apostel saß und sinnierte", bringe ich endlich hervor.

Der mutmaßliche Mörder muss da gewesen sein und bemerkt haben, dass ich immer wieder auffällig auf den Heiligen, seine Keule und die mangelnde Befestigung derselben geblickt habe. Es ist für ihn leicht zu erkennen, dass wir die richtige Spur gefunden haben Die Schlinge kann sich in Kürze um seinen Hals zuziehen. Er muss ja die Keule verschwinden lassen, wenn er unentdeckt bleiben will. Seine letzte Chance!

Und da sitzen wir nach dem Verschwinden der Tatwaffe und des Kommissars wieder gemeinsam auf der Kirchenbank und beratschlagen." Franz," beginne ich, „ist dir auch klar, dass die Keule versteckt sein muss. Der Täter muss sie innerhalb der Kirche „verräumt" haben. Oft ist für eine gewisse Zeit niemand in der Kirche!"

„Kann sein, meint Franz vorsichtig. Es ist unmöglich, dass er die Keule unbemerkt aus dem Inneren der Kirche geschafft hat. Draußen würde er am helllichten Tag unweigerlich mit der großen Keule auffallen. Also gehen wir auf die Suche!"

Wir sind überrascht, wie viele Verstecke die große, alte Kirche mit Hauptaltar und vielen Nebenaltären, der Orgel und dem Chorgestühl für die Kanoniker längst vergangener Zeiten bietet. Auch ein so aufwändiger Prügel, wie die große Keule des Apostels kann irgendwo hinter ein loses Brett gerutscht sein. Wir finden jedenfalls nichts. „Du Franz, der Täter muss sich genau in der Kirche auskennen, wenn er so schnell ein derart perfektes

Versteck für den nicht gerade kleinen Gegenstand findet". Der Messner kommt herein und wird von uns bestürmt. Zunächst jedoch zeigt er wieder Unverständnis für unser Getue um eine Keule, die noch nie in seiner Dienstzeit auch nur die geringste Bedeutung gewonnen hat. Er muss aber eingestehen, dass er das Attribut des Heiligen selbst am Morgen mit uns gesehen hat und dass es jetzt verschwunden ist.

„Da ist etwas aus der Geisterwelt im Spiel, oder ihr beide habt doch nicht ganz unrecht mit euren Nachforschungen".

Er verspricht, dass er auf die Suche gehen werde – aber nicht gleich. „Doch, du musst das tun," versuchen wir ihn zu überzeugen. Er beginnt, an uns erneut zu zweifeln, wenn er sonst auch von Franz das ganz andere Bild eines nüchternen Menschen hat. „Also gut, ich schau mal gleich", verspricht er, immer noch ohne recht zu verstehen, was das Ganze soll. Wir haben noch eine ganz wichtige Frage an dich, meint Franz zum Schluss:

„Ist dir ein Besucher der Kirche von heute Morgen im Gedächtnis?" Er überlegt: „Ja da war eine Gruppe mit Walter, dem beliebten Stadtführer, in der Kirche. Der Besuch galt der berühmten Spalatin-Madonna. Bartel habe ich vielleicht auch gesehen. Ich konnte ihn nur im letzten Augenblick nicht genau erkennen, als er sich verstohlen aus einer Seitentüre davonmachte. Da musste ich mich wundern, denn es passt nicht zu ihm. Ich bin mir jedoch nicht ganz sicher, ob er es wirklich war. Er ist ja jeden Tag nicht nur einmal in der Kirche. Ja, der Bartel scheint hier und auch in der Nikolaus Kirche seine zweite und dritte Wohnung zu haben. Er ist eine große, ja eine sehr große und doch kleine Kirchenmaus. Einen besseren Christenmenschen findet ihr nicht! Wenn es nur in unserer heutigen Zeit mehr davon gäbe", endet er seine Eloge. Noch eine Frage fällt mir ein: „Gibt es einen Lieblingsplatz für Bartel in der Emmeram-Kirche?"

„Ja, der sitzt immer auf der Orgelempore. Immer ganz rechts – von hinten gesehen". „Dann sucht er wohl die Nähe des Apostels Judas Thaddeus?" Kann schon sein, daran habe ich noch nie gedacht", antwortet der Messner.

Unser Verdacht, dass ausgerechnet der brave, einfältige Mann der Täter sein könnte, wird immer dichter. Bei einem Kaffee in der „Alten Backstube" beraten wir, was nun zu tun ist. Den Kommissar könnten wir jetzt wieder anrufen. Er würde uns wahrscheinlich wieder für dement oder sonst nicht zurechnungsfähig halten, wenn wir die Fortsetzung der Keulen-Geschichte des Heiligen aus der Kirche auftischen. Uns ist klar, dass wir mehr Realität brauchen, wie sich der Kriminalbeamte ausgedrückt hat. Die Situation spitzt sich zu. Das fühlen wir deutlich. Jetzt wäre der Kommissar unbedingt wichtig – so kurz vor der Aufklärung. Leider haben wir seine Achtung mit Herkules und Heiligen verscherzt! Und dann noch die mysteriös verschwundene Keule!

„Sollen wir wirklich das kleine Altstadthäuschen aufsuchen und mit Bartel allein sprechen?", frage ich unschlüssig. Wir sehen keinen anderen Weg. Dabei fühlen wir uns vollständig überfordert. Vielleicht ist er aggressiv? Was tun, wenn er unumwunden die Tat gesteht? Unmöglich, ihn vorläufig festzunehmen. Wir sind ihm körperlich weit unterlegen und haben nicht die geringste Chance, ihn festzuhalten. „Das kann ja heiter werden", meint Franz wieder einmal mit schwarzem Humor. Uns bleibt nichts übrig. Diese Überzeugung setzt sich rasch und unweigerlich durch.

Nur wenige Minuten trennen uns von dem vielleicht entscheidenden Besuch bei Bartel. Uns ist es sehr ungemütlich dabei. Es kann ja wirklich sein, dass er sich in die Enge getrieben sieht und uns attackiert. Wir wissen um seine großen Kräfte und sind uns fast schon sicher, dass er es war, der unseren Freund Veit erschlagen hat. Da gibt es nichts zu spaßen, aber erneut überzeugen wir uns gegenseitig: es bringt leider nichts, jetzt schon den Kommissar einzuschalten. Er würde nur ungläubig den Kopf schütteln. Davon sind wir hundertprozentig überzeugt. Wir brauchen mehr Fakten. Also los! Nur Mut: Immerhin sind wir zu zweit!

Bei Bartels Zuhause steht die Türe etwas offen. Vorsichtig treten wir ein und rufen seinen Namen. Es ist eng und muffig im kleinen Haus. Aus dem Hinterzimmer hören wir eine Stimme. Es ist der gelähmte Vater, der von seinem Sohn gepflegt wird.

„Kommt doch herein", ruft er. „Der Bartel ist grad Hals über Kopf davongestürzt. Es kann gut sein, dass er euch hat kommen sehen. Ich weiß auch nicht, was mit ihm los ist. Seit Wochen murmelt er immer etwas von einer Moschee und vom Wiesinger. Nachts schreit er manchmal auf: Keine Moschee in unserer Kirch! Er meint die Nikolauskirche. Ihr wisst ja, dass mein Sohn Bartel der beste Kirchgänger weit und breit ist. Ihm ist nichts wichtiger als unsere beiden ehemaligen Stiftskirchen. Er ist nur so seltsam geworden, dass ich mich nicht mehr auskenne. Auch die Pflege, die er mir so lang und treu geleistet hat, lässt schwer nach."

An der Wand sehen wir eine Art- Votivtafel.

> Maria hat geholfen und wird auch weiter helfen!
> Hlg. Judas Taddäus bleib auch du weiter mein großer Fürbitter.

Wir sprechen Bartels Vater auf die Schrift an. Er holt etwas aus: „Die stammt noch von meiner verstorbenen Frau, Bartels Mutter. Sie ist auch ständig in den Kirchen herumgehangen und hat den Judas besonders „gmocht". Ich habe das nie verstanden. Unseren Buben Bartel hat sie angesteckt mit der komischen Idee, ausgerechnet den Judas als Fürbitter anzurufen. Ich bin ja evangelisch und verstehe gar nichts von den Heiligen. Ein Heide bin ich aber auch nicht gerade. Mit meinem Herrgott spreche ich jeden Tag. Meine Frau ist da ganz anders „gwesen". Sie hat viele Ansprechpartner angerufen, wenn sie betete. Und leider ist der Bartel in ihre Fußstapfen getreten. Er übertreibt aber noch mehr. Vor ein paar Monaten hat er einen Busausflug nach Altötting und Wasserburg unternommen. Da hat er eine große Fotografie wieder von diesem seltsamen Heiligen mit der Keule mitgebracht. Wollt ihr das Bild sehen? Er hat es im Flur aufgehängt. Ich sehe ihn manchmal, wenn er die Türe offenlässt, wie er vor dem Bild betet. Macht nur Licht im Gang, dann könnt ihr den Wasserburger Judas anschauen. Ich weiß auch nicht, was der mit seiner Keule will. Kann sein, er hat vor, jemand zu erschlagen. Er liest vielleicht noch vorher in einem Buch, wen es treffen soll. Keine Ahnung! Ich glaube, der Bartel hat den Judas als großes Vorbild angesehen, wenn er auch keine Bücher im Sinn hat. Ich mein halt, dass er glaubt, der Heilige habe zugeschlagen. Das passt am besten in seinen Kram. Vielleicht ist der Judas aber mit der Keule erschlagen worden. Wer will da schon Bescheid wissen? Es soll ja schon zweitausend Jahre her sein."

Wir machen Licht und sehen uns den Judas Thaddeus aus Wasserburg näher an.

Unsere Zweifel werden immer geringer. Da gibt es bei Bartel und seiner verstorbenen Mutter offensichtlich einen Judas Taddeus-Wahn. Davon haben wir noch nie etwas gehört. Als wir den kranken Vater verlassen, sehen wir gerade noch, wie jemand davonrennt. „Das war der Bartel", ruft Franz. „Er muss unseren Besuch bei seinem Vater aus der Ferne verfolgt haben. Schnell, wir müssen ihm hinterher!"

So schnell, wie es nur geht, sind wir ihm auf der Spur. Eigentlich müssen wir jetzt wirklich endlich den Kommissar telefonisch von unseren neuen Erkenntnissen informieren. Wir sind nicht ganz sicher, ob es genug für ihn ist, was wir jetzt an Realität vorbringen können, aber es eilt. Bartel rennt und rennt. Wir sind nicht so schnell und verlieren seine Spur. „Er rettet sich vielleicht in eine unserer – oder vielmehr seiner Stiftkirchen", bringt Franz hastig hervor. „Wohin denn sonst?" Wir versuchen es in der Nikolauskirche, von der Bartel wahrscheinlich nur noch die Wahnvorstellung einer Umwandlung in eine Moschee im Kopf hat. Unten ist kein Mensch in der geöffneten Kirche. Die Türe zur Orgelempore ist abgeschlossen. Bartel hat ja die Schlüssel! Vielleicht hat er sich versteckt und hinter sich abgeschlossen? Pause! und schnell den Kommissar holen! Wenigstens erreichen wir ihn gleich am Handy. „Du musst dick auftragen und etwas von einem Geständnis Bartels vortäuschen" meint Franz noch schnell, als ich wähle.

„Herr Kommissar, bitte kommen Sie sofort nach Spalt. Wir haben den Täter. Er heißt Bartholomäus Nickel, ist 25 Jahre alt und wohnt bei seinem gelähmten Vater in der Altstadt, Brautgasse 1. Er ist vor uns geflohen, als wir vor diesem Anruf seine Unterkunft aufsuchten. Er hat seinem Vater gegenüber die Tat gestanden."

Der Kommissar möchte nun Beweise abrufen. „Bitte keine Heiligengeschichten," krächzt er immer noch verärgert ins Telefon.

Ich versuche, ihn zu überzeugen. „Glauben sie uns bitte, dass er es ist. Der Kreis hat sich geschlossen. Leider muss ich Ihnen beichten, dass es wieder um Judas Thaddeus geht. Bartholomäus Nickel ist ein geistig beschränkter Mann, der in einem Judas-Wahn lebt, den er schon von seiner Mutter übernommen hat. Sein gelähmter Vater sagt uns, dass er in letzter Zeit immer sonderbarer geworden ist und häufig etwas von einer Wiesinger Moschee und Totmachen murmelt. Er hat die Schlüssel zur Emmeram-Kirche und auch für die Nikolaus-Kirche. Vor Jahren war er Kirchendiener und Aushilfe für den Messner-Dienst. Die Schlüssel ließ man ihm, weil er noch ab und zu als Hilfsmessner fungiert. Er meint, es seien seine eigenen Gotteshäuser. Nach der Tat konnte er unbemerkt, mitten in der Nacht, die Keule des Heiligen zurückbringen. Am Tag vor der Tat hat er die Keule des Apostels heimlich an sich gebracht und in einem geeigneten Versteck nahe dem Spalatin-Denkmal deponiert. Das ist der Grund, weshalb sie bei den Fernsehaufnahmen am Tag der Tat in der Kirche nicht zu sehen ist. Heute hat er die Keule wieder verschwinden lassen, bevor wir sie Ihnen präsentieren wollten. Er muss gemerkt haben, dass wir ihm auf der Spur sind, als wir Interesse für den Prügel gezeigt haben."

Der Kommissar murmelt etwas von Unsinn – „schon wieder eure Heiligengeschichten!"

Ich setze noch einmal an und trage noch etwas dicker auf. „Bartel ist im hohen Maße suizidgefährdet und dazu gewaltbereit, wenn er sich in die Enge getrieben sieht. Da er auf der Flucht ist, befürchte ich das Schlimmste. Wenn Sie nicht auf dem schnellsten Weg kommen, kann ich eine Katastrophe nicht ausschließen. Vielleicht ist eine solche sowieso nicht mehr zu verhindern! Es wäre eine unverzeihliche Dienstpflichtverletzung, wenn Sie sich nicht unverzüglich auf den Weg machen".

Der letzte Satz wirkt auch bei einem stark zweifelnden Polizeibeamten. „Ja, ich komme sofort in Begleitung von uniformierten Polizeibeamten," ruft er sauer ins Telefon.

„Franz", sage ich zu ihm gewandt, „mir blieb nichts übrig, als derart zu übertreiben und mit der Dienstpflichtverletzung zu drohen. Hoffentlich haben wir uns nicht doch geirrt!"

Wir schauen noch einmal in die Nikolauskirche und bleiben mit unserer Suche erneut ohne Erfolg. Die Entdeckung Bartels als Täter muss sofort im Städtchen bekannt gemacht werden. Er ist jetzt in die Enge getrieben. Wir halten ihn nach dem Auffliegen seiner Mordtat für gefährlich. Wer könnte die Neuigkeit schneller unters Volk bringen als die Luis? Franz ruft sie an und weiht sie ein. Sie möge dafür sorgen, dass es die Runde macht. Vorsicht ist geboten. Wir müssen sofort wissen, wo er gesichtet wird. Wir können uns jetzt eine kleine Pause bei unserer Suche genehmigen. Wo? Im Bräustüble. Kaum steht eine Halbe vor uns, als schon der Kommissar Bauernfeind mit zwei uniformierten Polizisten eintrifft. Der Ermittler ist immer noch voller Bedenken und zeigt deutlich sein Misstrauen. Mir ist es jetzt einerlei. Wir sind fast sicher in unserer erfolgreichen Ermittlung des Täters. Hauptsache, der Kommissar ist endlich da! Es scheint jetzt etwas zu „fechten" zu geben, womit wir allein weit überfordert wären. Wie erwartet, dauert es nicht lang, bis die Luis hereinstürmt und schon an der offenen Türe frenetisch kreischt: er ist in der Emmeram-Kirche. Der Nachbar hat ihn beobachtet, wie er heimlich in die linke Seitentüre hineingeschlüpft ist. Gemeinsam mit dem Kommissar und den beiden Polizisten sind wir wenige Minuten später in der Kirche. Ein erster Blick verrät uns, dass die Keule des Judas Thaddeus noch immer fehlt. Im Kirchenraum keine Spur von Bartel. Kein Mensch weit und breit.

Wir hören ein Geräusch, ein Knarzen von Brettern, das von oben zu kommen scheint. Tatsächlich, er ist auf der Orgelempore.

„Hallo, Bartel, komm doch herunter zu uns, damit wir uns unterhalten können!"

Er schreit plötzlich laut und verzerrt zu uns ins Kirchenschiff. Immer wieder legt er Pausen ein. Wir lassen ihm fast seine Seele hinaus brüllen :

„Ja, ich weiß scho, ihr wisst alles. ----- Ja, ich war es. Ich habs nicht gern gmacht. Was sein muss, muss sein.------ Bartel muss den Wiesinger tot machen ..... Moschee - Nikolauskirche, na, nie! Der Veit muss sterben, sonst Moschee.------ Der Judas hat mir seine Keule geliehen. Ich hab ihn immer wieder gfragt. Na gut, hat er gmant……. Dann bei dem wahnsinnigen Regen - hats sa müssen. Ich mit dem Veit allein beim Spalatin.----- Ich hab euch im Bräustüble scho gsehn. Du, Schorsch weg bist.---- Den Veit um die Nikolauskirch herum überholt ----- Hinter der Mauer hab ich mich kurz versteckt. Da wor a die Keule unter die Rosen. Und schon kommt er --------- Ich aufgezogen und ich- Päng gleich voll troffen. -----------Die Keule hab ich gleich wieder dem Judas zurückbracht – mitten in der Nacht - ich hab doch scho lang Schlüssel. Der Judas war mit mir zufrieden. Ja, für den Veit hab ich seither so oft gebett. ------ aber ------ Was sein muss, muss halt sein."

Wir unterbrechen ihn kein einziges Mal. Jetzt hat er wohl alles herausgewürgt und ist still. Nach einer Pause rufen wir abwechselnd: „Bartel komm doch runter! Wir wollen mit dir reden!" Ganz still und unheimlich wird es im kalten Raum. Es vergeht eine halbe Stunde. Besucher kommen herein und gehen wieder, als wir sie darum bitten. Wir steigen endlich ganz langsam die Treppe hoch – vorsichtig nach oben sehend. Vielleicht hat er ja den Prügel in der Hand? Möglich, dass er ihn im Gehäuse der Orgel versteckt hat!

Die Türe zur Orgelempore springt mit einem Ruck auf. Tatsächlich, der Bartel mit der Keule des Heiligen – hoch erhoben – stürmt herunter. Der Kommissar ist jetzt an der Reihe, zu handeln. Er ruft mit scharfer Stimme: „Halt! Stehenbleiben Polizei! Bartel holt aus und schlägt zu. Er streift einen der uniformierten Beamten etwas am Kopf, rutscht mit der Keule ab und trifft ihn an seiner linken Schulter. Der Verletzte geht stöhnend zu Boden. Er gleitet hilflos die Treppe nach unten. Es entsteht eine kurze Verwirrung, die Bartel ausnutzt, mit der Keule aus der Kirchentüre hinaus zu stürmen. Der Kommissar hat seine Dienstpistole im Anschlag und feuert im letzten Augenblick im Gotteshaus in Richtung Bartel. Er schießt daneben. Die Patrone steckt in der Kirchentüre und wird in den nächsten Tagen noch oft begafft. Der zweite Polizist kümmert sich um seinen verletzten Kollegen und bringt ihn mit unserer Hilfe nach unten und in eine Ruhelage auf den Polstern der Kirchenbänke. Franz betätigt auf Bitte des Kommissars den Notruf per Handy. Es vergehen dabei doch einige Minuten, die dem Flüchtigen einen guten Vorsprung gewähren. In der Zwischenzeit hat natürlich die Luis nicht geschlafen, sondern die Neuigkeit in der gesamten Altstadt unter die Leute gebracht. In Trauben stehen die Bürger um die Emmeram-Kirche und warten auf den Fortgang der Ereignisse.

Als Bartel mit der Keule im Laufschritt die Kirche verlässt und ein Schuss fällt, weichen zwar alle etwas ängstlich zurück, verfolgen ihn jedoch sofort nicht nur mit Blicken auf seiner weiteren Flucht. Wo wird er schon hinrennen? Man weiß, dass er nur die beiden Gotteshäuser im Sinn hat. Und schon sehen ihn die Leute mit Keule in die Nikolauskirche huschen. Alle schauen wie gebannt zu, ohne zu rufen oder es zu wagen, ihm Einhalt zu gebieten. Die Gefahr, die jetzt von ihm ausgeht, ist den Leuten bewusst.

Bartel legt die Keule kurz auf eine Kirchenbank in St. Nikolaus, kramt seine Schlüssel heraus und sperrt in Windeseile alle drei Türen ab. Er rennt mit seiner Waffe die Treppe bis zur Orgel hinauf, wo er sich verschanzt.

Die Spalter geraten in noch größere Aufregung, als nach wenigen Minuten die Sirenen der Einsatzfahrzeuge des Notarztes, der Sanitäter, Polizei und der Feuerwehr die Stille der Kleinstadt durchbrechen. Da muss ja schon was passiert sein! Nicht einmal die Luis weiß Bescheid, fiebert aber vor lauter Sensationsgier. Bald bringt man den verletzten Polizisten auf einer Trage heraus. Er verschwindet im Sanitätsauto, das sich mit Blaulicht und schrillem Sirenenton aus der aufgeschreckten Stadt entfernt. Man rätselt, ob der Beamte wohl auch mit dem Prügel erschlagen ist oder ob er nur verletzt abtransportiert wird.

„Habt ihr den Prügel oder die Keule gesehen, mit der Bartel aus St. Emmeram gerannt ist? Der Kommissar hat doch nach einer Art Herkuleskeule gefragt. Gibt es so etwas in unsere Kirche?" Ein Bürger meint, dass er glaube, ein Apostel habe etwas Ähnliches in der Hand. Sonst keine Ahnung! Man achtet einfach nicht darauf.

Natürlich ist auch der Messner unter den Gaffern. Er wird sofort gerufen, als einer der Bürger vorsichtig versucht, eine Türe von St. Nikolaus zu öffnen. „Abgesperrt", ruft er. Schon bevor der Kommissar mit dem uniformierten Polizeibeamten an der Nikolauskirche erscheint, können sie ihm eröffnen, dass alle Türen versperrt seien. Es vergeht eine als lange empfundene Zeit, bis der Ermittler in die neuen Umstände eingeweiht ist. „Er hat sicher keine Schusswaffen, aber aus der Nähe ist er ein gefährlicher Mann mit dem wirkungsvollen keulenartigen Prügel."

Der Messner könnte natürlich leicht eine der Türen aufsperren. Vorsicht ist geboten. Gewaltbereit könnte der Täter in den Wahn verfallen, seine Kirche nicht nur gegen irreale Muslims sondern auch gegen sonstige Ungläubige unter seinen Mitmenschen zu verteidigen. Der Messner bietet einen sicheren Weg an. Durch die Sakristei gelangt man hinter den großen Rokokoaltar. Dort führt eine Treppe hinauf in einen Ausstellungsraum mit allerlei Heiligtümern. Von da ist es möglich, den Kirchenraum zu überblicken und heraus zu finden, wo sich der sonst so liebe Bartel aufhält. Als der Messner noch hinzufügt, dass die Türe neben dem Altar zum Innenraum des Gotteshausen von innen verriegelt sei, was einen Zugang vom Schiff der Kirche unmöglich mache, folgt der Beamte dem Vorschlag. Der gefährliche Mann kann dort also nicht lauern. Ein weiteres Opfer muss er unbedingt durch erhöhte Vorsicht verhindern.

Er bittet Franz und mich - etwas kleinlaut geworden – mit in die Sakristei. Er brauche uns jetzt unbedingt, bis der Polizeipsychologe eintrifft, um Einfluss auf der Verstörten zu nehmen, oder es wenigstens zu versuchen. Er beschwört uns, vorsichtig im Hintergrund zu bleiben. Ein weiteres Opfer sei schon mehr als genug. Wir empfehlen, noch den Ortspfarrer beizuziehen, der einen besonders guten Draht zu Bartel hat und sehr sensibel im Umgang mit seinen Schäfchen sei. Wir halten große Stücke auf ihn. Der Vorschlag wird sofort akzeptiert und wenige Minuten später verstärkt unser Krisenteam der sogleich auch auf uns beruhigend wirkende Geistliche.

Vom ersten Stock der Sakristei überblicken wir gemeinsam in höchster Konzentration den weiten Kirchenraum mit der großartigen Rokoko-Ausmalung der Decke. Die dargestellten Nikolausgeschichten interessieren momentan keinen von uns. Jetzt gibt es nur ein Thema: wie bringen wir Bartel in Sicherheit für uns und ihn?

Er ist nicht zu entdecken. Franz, der ihm menschlich am nächsten steht, ruft schon vor dem Eintreffen des Pfarrers in den Raum:

„Bartel, wo bist du nur? Nimm doch Vernunft an! Deine Nikolauskirche beschützen wir gegen jeden, der ihr etwas antun will. Du kennst mich doch! Komm bitte aus deinem Versteck und mach keinen Blödsinn!"

Keine Antwort, keine Reaktion. Der freundliche Ortspfarrer übernimmt nach einigen Minuten:

„Bartel, mein treuer Kirchendiener, hörst du die Stimme deines Pfarrers? Du hast Schuld auf dich geladen. In der Beichte kannst du dich erleichtern, wo denn sonst? Vertraue doch auf die Vergebung durch unseren guten Gott! Du lässt deinen Prügel jetzt liegen und kommst aus deinem Versteck friedlich heraus, hörst du mich?"

Wieder nur beängstigende Stille! Die Spannung steigt. Wir schauen uns fast die Augen aus dem Kopf und spitzen die Ohren.

Plötzlich ein fast unmenschlicher Schrei der Verzweiflung. Er kommt von der Orgelempore: „Ich kann nicht mehr, Herr Pfarrer", schreit er fast wie ein angeschossenes, wildes Tier. „Keinen Sinn mehr! Lasst mich allein!"

Wir kommen überein, etwas zu warten, bevor der Geistliche einen weiteren Versuch machen soll. Der Polizeipsychologe wird ganz still in die Sakristei zu uns eingelassen. Er hat sich schon bei den herumstehenden Bürgern etwas kundig gemacht und lässt sich noch mehrere Fragen von uns im Flüsterton beantworten.

Er versucht es, nach einigen Minuten selbst sehr einfühlsam, mit Bartel Kontakt aufzunehmen.

Ohne jeden Erfolg! Er bekommt als Antwort nur einen unwilligen Schrei aus einer trostlosen Seele. „Herr Pfarrer, Sie haben den besten Draht zu dem Verstörten. Bitte versuchen Sie es wieder", bittet der Kommissar den Geistlichen.

Er ruft mit weicher Stimme: „Bartel, Jesus ist für alle Sünder gestorben - auch für dich und mich. Gib doch deinen gottlosen Kampf jetzt auf!"

Er schreit wieder mit fast unmenschlicher Stimme von der Orgel: „zu spät- lasst mich in Ruhe!"

Es geht noch stundenlang so weiter. Wir bieten ihm Essen und Trinken an. Der Pfarrer bringt seine Verantwortung gegenüber dem kranken Vater ins Spiel. Franz erinnert Bartel an schöne Ereignisse, wo er so glücklich war, wie bei der Zwölfhundertjahrfeier Spalts vor einigen Jahren. Auch der Polizeipsychologe hat fabelhafte Ideen. Es kommen nur ab und zu wilde Schreie von der Orgelempore zu uns durch den Kirchenraum. Wir geben nicht auf. Halt, jetzt tut sich etwas! Er verlässt sein Versteck laut brüllend und hastet die Treppe hoch zum Glockenturm. Wir folgen ihm mit einiger Verzögerung. Erst durcheilen wir den das Schiff des Gotteshauses und steigen die Treppe zu den Emporen hinauf. Vorsicht ist immer noch geboten. Auf der Orgelempore ist die Keule abgelegt. Offensichtlich hat er auf weiteren Einsatz seiner Waffe verzichtet. Es sieht nun nach einer Aggression aus, die sich gegen ihn selbst richtet. Wir sind beunruhigt und denken daran, dass er sich selbst richten könnte. Der Pfarrer versucht es weiter, in dieser schlimmen Situation durch lautes Rufen, Kontakt aufzunehmen. Bartel reagiert jetzt überhaupt nicht mehr.

Plötzlich hören wir einen dumpfen Schlag auf dem Pflaster vor dem Kirchturm. „Das war er", ruft Franz verzweifelt. Wir stürmen hinunter, so schnell wir können. Da liegt er mit aufgeplatztem Kopf halb auf dem Pflaster – halb auf der Kirchentreppe.

Sein Blut strömt aus dem Kopf und bildet eine große rote Lache. Kein Zweifel er hat sich selbst gerichtet und ist tot.

Wir sind wie gelähmt. Passanten übernehmen das Wählen des Notrufes. Die Einsatzfahrzeuge sind nach dem Abtransport des verletzten Polizisten wieder weggefahren. „Fast wie der Veit Wiesinger vor einigen Wochen so liegt er da - nur auf der anderen Seite der Nikolauskirche", bemerken die Einheimischen bitter.

Käsebleich und total fertig setze ich mich mit Franz auf eine Bank der Nikolauskirche. Wir haben jetzt nichts mehr zu tun. Um die Abwicklung des grausigen Geschehens sollen sich die Anderen kümmern. Der Kommissar kann sich damit brüsten, die Aufklärung des ungewöhnlichen Falles geschafft zu haben. Jetzt werden die Reporter und Redakteure aus ganz Deutschland für kurze Zeit Spalt überfluten, filmen und recherchieren. Bald wird dann wieder eine neue Sensation aufkommen und erneut Ruhe im Städtchen eintreten.

Für uns beide ist alles vorbei. Was hätten wir nur tun sollen, um der Tragödie Einhalt zu gebieten? Wir finden jetzt und auch später keine Antwort darauf.

Unbeteiligt bleiben wir sitzen, als eine Sirene nach dem anderen aufheult und die Einsatzwagen zum Stehen kommen. Bald ist der Kommissar wieder bei uns und redet fast etwas wirr vor Aufregung auf uns ein. Wir versprechen, für eine längere Vernehmung zur Verfügung zu stehen, sobald wir uns gefangen haben.

Auf einmal klingt der Beamte kleinlaut. Kein Wort mehr von Kirchenmärchen und Realitätsferne. Wie kann es nur sein, dass er so sehr mit seiner Einschätzung danebenliegen konnte? Er konnte nicht glauben, dass in Spalt die Uhren doch anders gehen.

Ich gebe dem Kommissar die Adresse des Vaters. „Informieren Sie ihn bitte und schalten sie gleich den Sozialdienst ein. Der Mann braucht dringend Hilfe und Versorgung!" Mit Franz bin ich einig, dass wir es nicht schaffen, so kurz nach unserem Besuch bei ihm mit der brutalen Wahrheit aufzukreuzen. Er muss ja denken, dass wir seinen Sohn in den Tod getrieben haben. Einen derartigen Vorwurf können wir jetzt nicht ertragen. Wir wissen einfach nicht, was wir hätten tun sollen und fühlen uns unschuldig schuldig, wie wir es aus den Tragödien der alten Griechen kennen. Davon aber kein Wort zum Kommissar!

Er ruft sofort beim Staatsanwalt an, um ihm Mitteilung zu machen. Frank Bartollo ist auf dem schnellsten Weg zu entlassen, sonst machen sich die Verfolgungsbehörden einer Freiheitsberaubung im Amt schuldig. Frank atmet auf, denn er weiß, wie nahe ihm eine Verurteilung wegen eines Mordes war, den er nicht beging.

Ende

# Und wie ging es weiter?

Die Tage vergehen düster in Spalt. Es liegt eine Bedrückung über der ganzen Stadt wie eine giftige Wolke. Das Atmen wird schwer. Ein Medienrummel ohnegleichen lähmt die kleine Stadt für einige Zeit. Unsere Vernehmungen werden sorgfältig zu Protokoll genommen. Der Kommissar kann gemeinsam mit der Staatsanwaltschaft bald alle mit der Tat zusammenhängenden Verfahren einstellen. Der Mord ist aufgeklärt. Der Totschlagsversuch an dem Polizisten benötigt keine weiteren Ermittlungen, da der Täter tot ist. Der Suizid steht ohne Zweifel fest. Es bleibt bei dem zweiten Einsatz der Keule – Gott sei Dank – bei einem Versuch, denn der verletzte Beamte erholt sich von der Luxation der linken Schulter und dem Bruch des Schlüsselbeins, heißt es. Der Vater des „frommen" Täters findet Aufnahme in einer Pflegeeinrichtung in Roth. Die Keule wird doch noch zur Sicherheit im Labor untersucht und dann dem Judas Thaddeus zurückgegeben. Deutliche Spuren mit festgeklebten Haaren Veits und Hautzellen Bartels bestätigen noch einmal den Tatvorgang. Der Messner achtet darauf, dass die Keule jetzt festgezurrt wird.

Wir bemerken sarkastisch, dass in den Medien nirgends steht: Aufklärung eines Mordes ohne Mithilfe der Polizei.

Die Beerdigung Bartels wird wieder ein – wenngleich schauriges - Ereignis in der kleinen Bierstadt, bei dem noch einmal alles an die Oberfläche kommt. Der Priester bemüht sich, die Persönlichkeitsstruktur und die Fehlleitung seines Gemeindemitglieds aufzuarbeiten. Er spricht von einer großen Tragödie und einer Krankheit des Mannes, der viel geglaubt habe – leider zu viel, was auch manchmal vorkommt. Islamophobie ist leider allgegenwärtig in unserem Land und führt zu Verdummung und Gewalt. Er spricht auch von einer Schuld der Gesellschaft, der Politik und besonders dem Gerede, das Ängste hervorruft, aus denen dann Taten hervorgehen. Es regnet in Strömen, als der einfache Sarg in die Erde gesenkt wird. Die Glocken schweigen.

Franz berichtet mir telefonisch von einem weiteren, aber erwarteten Tod:

„Emil ist im Hospiz ruhig eingeschlafen. Ich habe ihn noch einmal dort besucht. Wahrscheinlich war er im ganzen Leben nicht so glücklich wie dort in seinen letzten Wochen. Du hast also wieder bald eine Trauerrede bei Emils Einäscherung zu halten."

Genau nach Emil Besenbecks letzten Anordnungen trifft sich die kleine Trauergemeinde im Krematorium des Westfriedhofes in Nürnberg. Als ein alter, einsamer und bösartig sich wehrender Mann mit querulatorischen Neigungen hätte er keinen einzigen Menschen zu seiner Beisetzung erwarten können. Nur seine Neubesinnung im allerletzten Moment vor dem Tod ermöglichte einen würdevollen Abschied. Ich kann etwas Tröstliches im friedlichen Ende nach einer langen Phase des Hasses finden und bringe es in einfache und bewegende Worte. Wir denken gemeinsam beim Trauerkaffee über den Sinn des Lebens nach, über die Liebe, das Geld und die Freiheit in den menschlichen Beziehungen. Gemeinsam mit Franz lassen wir noch einmal die schauerlichen Geschichten aufleben, als wir Emil in seiner menschenfeindlichen „Höhle" bei Pleinfeld aufsuchten. Die Szene der Bedrohung durch die scharfen Hunde lässt uns noch einmal die Gänsehaut den Rücken rauf und runter laufen. Dieses Abenteuer wird uns sicher noch lange lebendig vor Augen bleiben und ebenso die unerwartete, glückliche Wendung der Dinge. Kriminalistische Ermittlungen auf eigene Faust sind Erlebnisse der Sonderklasse, die wir nicht jedem empfehlen wollen. Die kleine Trauer-Gemeinde, die Emil Besenbeck das letzte Geleit gibt, kann es kaum fassen, welche Ängste wir durch ihn vor wenigen Wochen durchgestanden haben. Trauer ist vielleicht das falsche Wort, weil wir hauptsächlich traurig sind über ein fehlgeleitetes Leben ohne Freude und Liebe. Eine Tragödie, die traurig macht!

Die Wiesinger Stiftung nimmt bald ihre segensreiche Tätigkeit auf. Es werden vorrangig einfache Wohnungen mitten in unserer fränkischen Heimat für Flüchtlinge restauriert oder gebaut, um den bedrohten Menschen bei uns zu helfen, bis sie integriert sind oder wieder in ihre Heimat zurückkehren können. Ihr Land ist total zerstört und muss von den Flüchtlingen eines Tages erneut aufgebaut werden. Die Ängste vor den Fremden und ihrer andersartigen Religion, die letztendlich zum Mord an unseren Freund Veit geführt haben, sollen durch Kontakte mit den neuen Nachbarn neutralisiert werden. Von einer Nikolaus - Wiesinger Moschee und der polemischen Vorstellung einer Islamisierung des Abendlandes wird dann nicht mehr die Rede sein.

Als ich nach einigen Tagen nach Berlin zu einer Beerdigung als Trauerredner gerufen werde, merke ich deutlich, dass mein Lebensabschnitt in der fränkischen Idylle total verdorben ist und nicht mehr in mein Leben passt. Ich kann nicht mehr zurück in die scheinbar friedliche Welt Spalts. Ein Leben in meinem Turm kann ich mir nicht mehr vorstellen. Schluss mit den Glocken der Stiftskirchen! Die Heiligen, die Apostel und ihre Attribute können mir gestohlen bleiben. Und all die Grausamkeiten, die in den Kunstwerken der Kirchen dargestellt sind, lasse ich im übertragenen Sinn in einer zugenagelten Kiste des Vergessens verschwinden. Die Romantik der alten Mauern und die Gemütlichkeit im Bräustüble kommt mir auf einmal vor wie ein Trauma – nicht mehr wie ein Traum. Die menschlichen Verbindungen mit Franz und anderen schaffen es nicht, mich für eine Fortsetzung des Lebens in dieser, dem Anschein nach so friedlichen Welt zu bewegen.

Mein Wohnrecht im Turm ist der einzige Vermögenswert, den ich besitze. Ich werde das mir verdorbene Paradies zur Miete anbieten. Die Einnahme neben meiner kleinen Rente wird mich finanziell unabhängiger machen. In Berlin finde ich eine bezahlbare Wohnung in einem Plattenbau des Ostens der Stadt. Im dreizehnten Stock ist etwas frei, weil viele Menschen dort zwar keinen Glauben mehr an einen Gott haben, aber vom Aberglauben verängstigt und getrieben sind. Wenn ich es auch nicht wahrhaben will, der Stadtmauerturm ist mir doch mehr ans Herz gewachsen, als ich gedacht hatte. Ich kann und will mir nicht vorstellen, dass jemand dort wohnen wird, der alles verändert. Mit Sorgfalt und schönen Fotos biete ich das zauberhafte Idyll im Internet an und finde weit über hundert Interessenten.

Nach reiflicher Überlegung entscheide ich mich für ein sympathisches Musikerehepaar aus Leipzig – er ein überregional bekannter Oboist und sie eine fabelhafte Flötistin. Sie wollen zunächst den Turm für die Wochenenden und Urlaube nutzen und versprechen, keine größeren Änderungen vorzunehmen. Mein schnuckeliges, voll eingerichtetes Refugium, das ich mir für den letzten Lebensabschnitt vorgestellt hatte, kommt in gute Hände. Nicht ganz leicht, noch einmal neu anzufangen!

Mein Umzug ist allein mit einem Lieferwagen zu schaffen. Ich nehme nur einige Bilder, Bücher, meine Papiere und den alten Ohrenbackensessel mit, der mich schon lange begleitet. Nirgends auf der ganzen Welt kann ich so gut die Zeitung lesen, wie in diesem vertrauten Pfuhl. Eigentlich wollte ich auch die wunderschöne barocke Kaminuhr aus den Sammlungen Emils mitnehmen, die er mir zugedacht hatte. Wie alle Gegenstände in seinem Haus hatte auch dieses gute Stück einen derart penetranten Geruch angenommen, dass ich es Franz überließ, die Uhr mit den anderen Antiquitäten erst einmal für längere Zeit auszulüften. Beslan hilft mir beim Einladen und alsbald wohne ich in Berlin - im diametralen Gegensatz zu dem, was ich in Spalt hatte. Die Welt des Turms ist ein abgeschlossenes Kapitel in meinem Leben. Ob ich nun glücklicher in der multikulturellen Umgebung bin, sei dahingestellt. Ich bin wieder im Jetzt angekommen in einer anonymen Welt unter Millionen. Das tut mir ab und zu richtig gut.

Als mich mein Freund Franz aus Spalt nach zwei Jahren mit meiner geerbten Kaminuhr in Berlin besucht, sitzen wir lange bei Bouletten und Berliner Weiße in der Eckkneipe und reden und reden.

Franz berichtet, dass es in Spalt wieder gemütlich geworden sei. Vielleicht sogar besser, als vor dem großen Unglück, weil alle versuchen, enger zusammen zu stehen. Das Bräustüble hat wieder eine nette Bedienung, die fast an Reni herankomme. Die Wiesinger Stiftung hat mehrere leerstehende Häuser in der Altstadt aufgekauft und ganz toll restauriert. Das hat der Altstadt einen nicht mehr zu erwartenden Auftrieb gegeben. Die Sammlung von Spaltantiquitäten Emils aus den Zeiten des Modernisierungswahns wurde dabei bestens verwendet. Das ist ein fabelhafter Schmuck für die herausgeputzte Altstadt geworden! Sogar einen bayerischen Denkmalpreis konnte die Stiftung dafür einheimsen. Die Innenräume der restaurierten, alten Häuser sind bescheiden, aber modern und hygienisch einwandfrei ausgebaut. Dort untergekommene Flüchtlinge fühlen sich sauwohl. Übrigens ist auch das Haus, in dem damals Bartel mit seinem Vater gewohnt hat, dabei. Die Erwähnung dieses damals so heruntergekommenen Häuschens lässt unsere Erinnerung an den aufregenden Besuch aufleben. „Spielt eigentlich noch Judas Thaddeus mit der Tatwaffe eine gewisse Rolle?", möchte ich wissen. Franz weiß, dass ihn jetzt einige Bürger kennen und ihm öfter die Ehre der Aufmerksamkeit geben. Walter, der Star unter den Stadtführern, hat neben dem Judas mit der Keule auch den Simon mit der Säge und natürlich den Bartholomäus mit der abgezogenen Haut in seine lebendigen Erklärungen bei Stadtrundgängen aufgenommen.

Mit Anni Wiesinger telefoniere ich noch ab und zu, möchte jedoch von Franz mehr über sie wissen – besonders, wie sie mit ihrer Trauer zurechtkommt. „Ein Glück nur", meint er, „dass sie nicht neugierig ist und so nicht der Liebesnacht Veits mit Reni kurz vor seinem jähen Tod auf die Spur kam! Vielleicht hat sie auch bewusst ihre Augen davor verschlossen? Das hätte sie in ihrer Trauerarbeit sicher gewaltig beeinträchtigt! In dem großen Wiesinger Haus wohnt sie noch ganz allein, will sich aber eine kleine, moderne Wohnung in dem riesigen, alten Haus ausbauen und den Hauptanteil an Flüchtlinge vermieten. Eine enorme Hilfe für sie ist ihre Stellung im Vorstand der Wiesinger Stiftung. Da hat der verbiesterte Emil am Schluss seines unglücklichen Lebens noch etwas Segensreiches bewirkt! Anni geht in der Stiftungsarbeit regelrecht auf. Bei dieser wichtigen Lebenshilfe ist sie keineswegs in eine Depression versunken, sondern agiert lebendig und nach vorne gewandt."

Noch einmal besprechen wir unsere Verwicklung in die Tragödie. Nach wie vor fühlen wir uns nicht ganz frei von einer Mitschuld an Bartels Tod, ohne es erklären zu können.

Die Flüchtlinge sind übrigens weiter in Spalt gut gelitten. Fast keine Berührungsängste stören den sozialen Frieden. Den alten Diskussions-Widersacher Veits, Sepp Hinterholzer, hat die folgenschwere Wiesinger-Moschee-Geschichte zum Schweigen gebracht.

Ich möchte von Franz noch wissen, was es von der Luis zu berichten gibt.

„Der Mensch ändert sich in seiner Charakterausprägung nicht! Manchmal kann schon aus einem Saulus ein Paulus werden, aber mit derselben inneren Ausstattung. Die Vorzeichen können von minus in plus umgeändert werden." Franz kann es als Christ und offen denkender Katholik auch jetzt nicht lassen, seine Überzeugungen und seine Bibelfestigkeit zu zeigen, wenn er Paulus anspricht. – „Die Luis ist die Alte geblieben. Mit ihren „Hobbies" lebt sie natürlich weiter und beobachtet immer noch ihre Mitmenschen ganz genau.

Von Reni berichtet er, dass sie über einen Stammgast eine kleine Altstadtkneipe in Nürnberg in eigener Regie übernehmen konnte. Sie hat, wie erwartet, ihre gemütlich ausgestattete Wirtschaft Spalter Bräustüble genannt. Dort gibt es natürlich Spalter Bier und Bratwürste. Franz kehrt regelmäßig bei ihr ein, wenn er in der Großstadt zu tun hat. Ihr geht es sehr gut. Von einer neuen Liebe weiß er nichts zu berichten. Ein wenig neugierig bin ich halt auch und würde gerne mehr davon wissen!

Frank Bartollo habe keine Haftentschädigung erhalten, weil er die Ermittlungen gegen sich grob fahrlässig durch falsche Angaben zum Alibi hervorgerufen habe. Er ist mehr als zufrieden mit der nur noch unsicher erhofften Entlassung und der Entwicklung der Dinge. Ihm blieb unsere hartnäckige Parallel-Ermittlungstätigkeit nicht unbekannt. Vor Kurzem besuchte er wieder einmal Spalt und Franz Joseph. Er wollte alles genau wissen. Die barocke Figur des Judas Thaddeus sah er sich lange und nachdenklich an. „Die Keule des Heiligen war es also, die mich rettete, weil ihr nicht allein auf die moderne Welt vertraut habt. Gott sei Dank, dass es noch Leute vom alten Schlag gibt"! Frank lebt jetzt in München.

Der falsche Graf sitzt für Jahre nach seiner zweiten Verurteilung wegen Betrugs hinter Gittern. Die Lebensversicherung wird zwar ausgezahlt, kommt ihm jedoch nicht zugute. Die geprellten Gläubiger haben längst ihre Ansprüche angemeldet und die Forderung gepfändet.

Ich möchte noch wissen, wie es mit dem Spalter Asylbewerber Beslan weitergegangen ist und bin total erleichtert, dass er als Flüchtling anerkannt ist und in Deutschland bleiben kann. Wir sind der Meinung, dass wir uns gratulieren können, ihn und seine Familie auf Dauer als Mitbürger bei uns haben zu können. Er fährt immer noch gerne Rad, hat jedoch längst den Führerschein und einen Kleinbus, den er für seine Frau und die sechs Kinder braucht. Die Dobermänner versorgt er auch noch gelegentlich, wenn der neue Eigentümer im Urlaub ist. Sie lassen einfach keinen Fremden an sich heran. Mit dem Geld, das er von Emil Besenbeck, als der Retter seiner geliebten Hunde, geerbt hat, ist er gerade dabei, sich einen ehemaligen Bauernhof in Hagsbronn zu kaufen. Er möchte ihn für seine große Familie wohnlich ausbauen und die nicht mehr landwirtschaftlich genutzten Steilflächen bis hinunter nach Spalt pachten, um einen Nebenerwerb mit einer Ziegenherde aufzubauen. Mir gefällt das so sehr, dass ich mir vornehme, bei meinem nächsten Besuch in Franken den Beslan-Bio-Ziegenkäse zu probieren, wenn es ihn schon gibt. Seine Frau Zarema hat vor, diese neue Spalter Spezialität herzustellen. Vielleicht kann ich bei der Vermarktung in Berlin mithelfen, wenn sein Hofladen nicht den gesamten Käse an den Mann bringt! Franz hätte beinahe noch vergessen, etwas sehr Wichtiges von Beslan zu berichten: er sei unter die Künstler gegangen, wie schon länger bekannt. Aber jetzt kommt er auch groß raus. Seine vierte Kunstausstellung läuft in den Räumen des Landratsamtes unter dem Motto: „Ein anerkannter Asylbewerber malt seine neue Heimat"

Schließlich möchte ich noch wissen, wie es mit meinem früher so geliebten Stadtmauerturm steht.

Das Musiker- Ehepaar Ralph und Magdalena aus Leipzig hält sich häufig in ihrer, schon ans Herz gewachsenen Idylle auf. Sie kümmern sich auch um meinen Garten im Wehrgraben der Stadtmauer. Dort „grünts und blühts" wieder wie früher bei mir. Wenn man den romantischen Stadtrundgang hinter dem Turm unternimmt, ist oft Musik zu hören, weil die Musiker mit weit geöffneten Fenstern oder im Mauer- Garten üben. Es ist ein Tipp für die Einheimischen und Touristen, sich etwas auf der dortigen Bank nieder zu lassen, um den Tönen zu lauschen. Bald wollen die Leipziger versuchen, eine jährliche musikalische Spalatin-Festwoche zu installieren. Es soll Renaissance-Musik aus seiner Zeit geboten werden. Spalt kann nur davon profitieren!

Als sich Franz Joseph von Berlin verabschiedet, überzeugt er mich beredt, dass ich die ganze Geschichte unbedingt aufschreiben soll.

Und das habe ich hier getan.